Ancien journaliste à *Newsweek*, où il était chargé des affaires russes et moyen-orientales, Robert Littell se consacre entièrement à la littérature depuis les années 1970. Il a notamment publié *Ombres rouges*, *Le Sphinx de Sibérie*, *Légendes* et la grande saga de la CIA, *La Compagnie*. On lui doit également un document de référence sur Shimon Peres. Robert Littell est considéré comme l'un des meilleurs auteurs de romans d'espionnage. Ses livres sont traduits dans plus de vingt pays et figurent sur les listes de best-sellers dans le monde entier.

Robert Littell

KOBA

ROMAN

Traduit de l'anglais (États-Unis)
par Martine Leroy-Battistelli

Éditions Baker Street

TEXTE INTÉGRAL

TITRE ORIGINAL
KOBA

ISBN 978-2-7578-7812-5
(ISBN 979-10-97491-23-9, 1re publication)

Photos prises pas la police tsariste, tirées du dossier judiciaire du jeune révolutionnaire géorgien connu sous le nom de Koba.

« La conscience, l'invité indésirable… »
Alexandre Pouchkine

« Je n'ai pas d'ulcère. J'en donne. »
Camarade Ivanovich, a.k.a. Koba

Pour Emir, Alma et Biya

1

Où le petit cherche à accélérer le temps

Extrait du carnet de Léon :

LE VIEUX : Toi qui es si calé en calcul, petit, peux-tu me dire quel est le poids de l'Union soviétique ?

MOI : Personne ne peut le dire. C'est impossible à calculer.

LE VIEUX : Essaie quand même. Avec ses avions, ses chars et ses navires, avec ses usines et tout le fourniment, avec ses trains, ses tracteurs et ses camions, combien ?

MOI : Un poids énorme. Je dirais même plus : si on pouvait le calculer, ce serait un poids astronomique.

LE VIEUX : Est-ce qu'un ennemi du peuple qui monterait un complot pour assassiner les membres du Politburo et rétablir le capitalisme pourrait résister au poids astronomique de l'État soviétique ?

MOI : Non, impossible. Il mourrait écrasé.

LE VIEUX : Aaaah, je suis soulagé d'entendre ça. Je dors mieux sachant que personne ne peut résister au poids de l'État soviétique.

Rien que d'y penser, ça me fait sourire.

LE VIEUX : Donne-moi trois raisons pour lesquelles je devrais parler avec toi.

J'étais en train de me goinfrer avec la glace qu'il avait commandée pour moi, deux boules à la vanille hautes comme des montagnes et dégoulinantes de sauce au chocolat.

MOI : Ma première, c'est que je ne sais pas qui tu es. (Je m'étais peut-être essuyé machinalement la bouche sur ma manche, parce qu'il m'a lancé un de ces regards mortels dont les adultes ont le secret. Je n'ai pas réagi.) Ma deuxième, c'est que ne sachant pas qui tu es, je n'ai pas peur de toi.

Je me rappelle que le vieux m'avait examiné, un œil fermé, l'autre pas, par-dessus le verre de lait qu'il buvait à petites gorgées. Soudain, il s'est redressé, a levé son verre à ma santé, comme le faisait mon père quand il buvait du vin et moi du jus de grenade. Penser à mon père me rendait triste et j'ai détourné le regard, ce qui a fait sortir le vieux de ses gonds.

LE VIEUX : Nom de Dieu, petit ! Regarde-moi dans les yeux quand je bois à ta santé, sinon tu auras droit à sept années de baise merdique.

MOI : De toute manière, je suis trop jeune pour baiser, ai-je répliqué.

Ça l'a fait sourire. Cette expression s'accordait si mal avec ses lèvres qu'on voyait tout de suite qu'il n'avait pas l'habitude de sourire. Quand il souriait, il avait l'air humain. Presque. C'est peut-être pour ça qu'il souriait si peu. Ensuite il a dit un truc que je n'ai toujours pas compris.

LE VIEUX : Je parle rarement avec des gens qui n'ont pas peur de moi. (Il a dit ça un peu comme s'il était en conciliabule avec lui-même.) Même Vladimir Ilich, dans les derniers mois de sa vie, avait peur de moi. Kruspskaya, son épouse légitime, cette morue qui aurait été incapable de réchauffer le lit d'un homme, même sous peine de mort, tremblait devant moi. La plus grosse erreur de Trotski, ç'a été de n'avoir commencé à avoir peur de moi qu'alors qu'il était trop tard pour sauver sa peau.

MOI : Qui est Krupskaya ? Qui est Trotski ?

LE VIEUX, ignorant ma question : Je t'ai demandé trois raisons.

MOI : Je réfléchis à ma troisième. Ne me bouscule pas.

Voilà le problème : Longtemps, les adultes qui ont entendu cette histoire de la bouche même de l'intéressé, l'intéressé étant votre serviteur, se sont dit que c'était n'importe quoi, que j'inventais ces conciliabules avec le vieux, que j'inventais les arrestations, que j'inventais Isabeau et les autres enfants cachés dans la Maison du quai, que j'inventais l'imperméable mort, les passages secrets reliant les appartements, sans parler du tunnel sous le Styx, que j'inventais la grosse porte blindée avec sa serrure rouillée, qui menait à l'escalier de fer menant à l'immense salle, avec ses lustres monstrueux et ses fenêtres encore plus monstrueuses, recouvertes de rideaux si épais qu'ils étouffaient les bruits montant de la rue qui, je suppose, passait devant. Eh bien, tant pis pour eux, d'accord ? Parce que l'éditeur qui publie ce livre, il ne m'avait pas cru, lui non plus, jusqu'au moment où je lui ai fait voir les passages secrets, le tunnel et la grosse porte blindée avec sa serrure rouillée. Je ne pouvais pas lui faire voir le vieux, parce que entre-temps il était mort et enterré.

Quant à dire qui était le vieux, je n'en savais rien. J'étais plutôt innocent, la première fois où j'ai monté l'escalier en colimaçon conduisant à son appartement. Il m'avait dit qu'il aidait à diriger le pays. Il m'avait dit qu'il était une sorte d'assistant-tsar. Il m'avait dit qu'il connaissait personnellement le *vozhd* honorable camarade Staline. C'est que je ne suis plus aussi innocent – l'innocence est ce que le vieux m'a pris en échange des conciliabules. Mais bon, ça c'est une tout autre histoire.

Bien. Je me présente : moi, c'est Léon. Ce Léon qui avait rencontré le vieux, quelques semaines seulement avant que celui-ci eût rencontré son Créateur (si toutefois, étant donné son haleine fétide, son Créateur avait consenti à le rencontrer). Ce Léon qui écoutait le vieux, qui préparait des questions pour lui soutirer des réponses que je retranscrivais sur les pages d'un carnet à lignes dès que je rentrais chez moi. Ce Léon qui était devenu son ami, qui passait de longs moments avec lui dans son appartement, où personne n'avait le droit d'entrer, excepté les camarades qu'il appelait les chatons, eux et les domestiques qui, de peur de le réveiller, glissaient en pantoufles sur le sol de marbre du palais, parce qu'on supposait qu'à son âge, sans parler de ce qu'il pouvait avoir sur la conscience, lui qui avait aidé à diriger le pays, il ne devait guère dormir, supposition qui était, en fait, à peu près juste.

Vous vous dites en vous-même : Voyons, comment le petit aurait-il pu être au courant de ce genre de détail, s'il n'avait pas été là comme il le prétend ?

Il faut sans doute que je commence par le commencement, le seul problème étant que je ne suis pas sûr de savoir quand ça a commencé. Peut-être, oui, c'est peut-être quand mon père est mort empoisonné par les radiations. Son nom vous dira sûrement quelque chose – David Rozental ? – il était très connu, du moins ici, en Russie. C'est le physicien thermonucléaire qui découvrit la théorie quantique des champs de l'interaction nucléaire (étant le fils de mon père, je sais de quoi il s'agit) et l'homme qui persuada le Secrétaire général qu'il était théoriquement possible de fabriquer une bombe atomique. Je crois que c'est à ce moment-là qu'on lui avait offert la Pobcda avec le boîtier de vitesse en forme de club de golf, alors qu'il dirigeait le Laboratoire ultra-secret numéro 2 de l'Académie des sciences et programma la première réaction en chaîne de Russie. Elle n'était pas refroidie par de l'eau lourde, vu que la Russie ne possédait pas d'eau lourde, on utilisait du graphite pour ralentir la chaîne, ce qui évidemment ne ralentissait rien du tout mais provoqua une surchauffe, alors tout le monde s'était barré, excepté papa qui tentait de sauver le précieux uranium, vu que la Russie n'avait pas tant d'uranium que ça non plus. Ce jour-là, comme mon père ne rentrait pas à la maison, ma mère, pensant qu'il avait été arrêté – espérant qu'il avait été arrêté, parce que l'autre éventualité était trop épouvantable –, commença à passer des coups de fil désespérés, jusqu'au moment où elle tomba sur une personne du laboratoire qui lui raconta ce qui s'était passé, en lui faisant promettre de ne pas dire qui le lui avait dit. Quand ma mère raccrocha, je l'entendis jurer entre ses dents, puis elle éclata en sanglots hystériques. La voyant pleurer, je me mis à pleurer aussi, même si je ne savais pas trop pourquoi elle pleurait. C'était il y a quatre ans, en 1949, j'avais six ans, presque six ans et demi, même. L'ordre du mérite fut conféré à David Rozental pour ses travaux sur Premier éclair, nom de code de notre première bombe atomique soviétique. Maman m'emmena assister à une cérémonie secrète dans une chambre d'hôtel étouffante, encombrée de couronnes funéraires en papier mâché et d'hommes au visage de pierre qui semblaient tous atteints d'un ulcère à l'estomac en phase terminale. Ils me donnèrent un chewing-gum américain et un vrai badge du NKVD[1]. L'un d'entre eux, un petit bonhomme qui portait, pour se grandir, des chaussures à talons épais et un monocle plaqué sur son œil gauche, s'approcha de ma mère et planta un baiser sonore sur ses joues blafardes, puis laissa le dos de sa main droite caresser son sein gauche, tandis qu'il épinglait la médaille sur sa robe. (Figurez-vous qu'à six ans et demi, je savais déjà tout sur les choses de la vie.) C'est dans cette chambre d'hôtel que j'entendis pour la première fois l'expression « à titre posthume ». Bon, disons pour simplifier que ç'a été le commencement.

Ou alors – à la réflexion –, ç'a peut-être commencé avec l'arrestation de ma mère. Maintenant que j'y pense, il me semble que c'est mieux comme début, ne serait-ce que parce que c'est plus frais dans ma mémoire.

Je vais donc commencer par ce moment essentiel de ma vie : l'arrestation de ma mère.

Grâce à mon père, ce physicien réputé, grâce à ma mère, une cardiologue de renom à l'hôpital du Kremlin, nous disposions d'un appartement au troisième étage de la Maison du quai où résidaient les huiles du Politburo et de la Tchéka. Le héros qui avait orchestré le sac du Palais d'hiver pendant la glorieuse

1. Le NKVD était le Commissariat du peuple aux affaires intérieures, chargé de maintenir l'ordre public. C'était la police répressive de Staline, qui a causé la mort de millions de citoyens soviétiques, notamment pendant les Grandes Purges.

révolution bolchévique, Nikolaï machin, occupait l'appartement 280. Je ne l'avais jamais vu, mais mon amie Isabeau, qui le connaissait, disait qu'il avait une longue barbe blanche. Il y avait aussi Ilya, le célèbre explorateur qui promenait en laisse le pingouin qu'il avait ramené de l'Arctique. Lui, je l'ai vu de mes propres yeux. Le pingouin est mignon, ce qu'on ne peut pas dire d'Ilya. Les cousins de l'honorable Secrétaire général, les Svanidze et les Reden, habitaient au rez-de-chaussée. J'allais en classe avec leurs enfants, qui étaient presque tous des enflures. Svetlana, la propre fille de l'honorable Secrétaire général, logeait dans un appartement près de l'ascenseur avec le dernier en date de ses maris. Ma copine Zinaïda gardait parfois leur bébé et c'est pourquoi nous savions que Svetlana avait eu un ou deux époux avant celui avec qui elle vivait actuellement. Celui-là s'appelait Yuri et la rumeur disait qu'il était le fils de A. Zhdanov, le ministre de l'honorable camarade Staline en charge de l'éradication des personnes cosmopolites et sans racines, dont nous autres, les enfants, pensions qu'il s'agissait d'une espèce contaminée. Un jour j'étais descendu en ascenseur avec ce Yuri, qui ne m'avait pas accordé un regard, alors même que je lui disais bonjour. J'avais supposé qu'il devait avoir tellement de choses dans la tête qu'il ne pouvait même pas prendre le temps de répondre au salut d'un enfant qui n'était pas censé savoir qui il était.

En grimpant sur une chaise pour arriver à la hauteur de la fenêtre de ma chambre, je pouvais voir les murs du Kremlin, derrière lesquels vivait le Secrétaire général en personne, se refléter dans la Moskova, qui coulait entre le Kremlin et moi, sur ma chaise en train de regarder par la fenêtre. La

Maison du quai, un gigantesque bâtiment construit bien avant ma naissance, comportait un nombre incroyable d'appartements vacants, dont les portes étaient scellées par du ruban adhésif, avec les initiales NKVD imprimées dessus. J'ignorais pourquoi tant d'appartements étaient inoccupés et pourquoi, étant inoccupés, il fallait les sceller avec du ruban adhésif. Quand je lui demandais des explications au sujet de ce ruban adhésif, mon père marmonnait quelque chose signifiant qu'il ne fallait pas se mettre en travers du cours de l'histoire, et ma mère regardait ailleurs, en me reprochant de poser des questions idiotes, dont j'étais trop jeune pour comprendre la réponse. Ce que j'étais trop jeune pour comprendre, c'était pourquoi ils ne répondaient pas à ma question. Maintenant j'ai compris. Mais c'est une tout autre histoire.

Pendant la semaine, j'allais à l'école n° 175, que fréquentaient tous les enfants habitant sur le quai, ce pourquoi je montais chaque matin dans une Packard américaine conduite par un vrai chauffeur. À cette heure il y avait toujours trois ou quatre de ces Packard qui attendaient devant le trottoir, avec le moteur qui tournait, et l'amiral, qui travaillait au noir comme portier, m'adressait un petit signe, de même qu'aux autres enfants. Il y avait un cinéma au premier sous-sol. Isabeau, ma meilleure amie, disait qu'on y passait des films américains, capturés par notre glorieuse Armée rouge pendant la Grande Guerre patriotique, je ne sais pas comment elle le savait vu que nous, les enfants, n'étions pas autorisés à aller dans le cinéma du sous-sol. En dessous du cinéma il y avait une salle de sport, une piscine chauffée, un terrain de basket, une buanderie et, surtout, une épicerie où l'on vendait des choses comme des pâtes italiennes, des cigares de Cuba et du whisky écossais que mon père appréciait particulièrement. Pour une raison quelconque, les portes du gymnase, de la piscine et du terrain de basket étaient toujours fermées avec un cadenas. Il y avait aussi une cafétéria où les enfants avaient le droit d'aller, même sans les parents. Quand mes parents rentraient tard, puis après la mort de mon père, les soirs où ma mère était de garde à l'hôpital du Kremlin, je prenais un plateau en fer, je désignais le plat que je voulais, dans la vitrine, et le cuisinier, un Usbek avec un nez en pente de ski et des yeux bridés, rajoutait des légumes, même si je ne les lui avais pas montrés, puis je remettais mes quinze roubles cinquante à la caissière à l'œil de verre qui partait dans une direction, tandis que son bon œil me regardait d'un air désapprobateur. Quand Isabeau était là – ses parents avaient tous deux été arrêtés, puis son père exécuté comme espion britannique, alors qu'il ne parlait même pas le britannique, et sa mère emmenée dans je ne sais quelle prison, leur appartement avait été scellé avec du ruban adhésif NKVD, mais Isabeau, de même que moi après l'arrestation de ma mère, nous nous cachions dans notre pièce secrète et utilisions les passages secrets reliant les appartements, aménagés de façon que les premiers occupants de la maison puissent circuler sans être vus – nous nous asseyions toujours à la même table, Isabeau à côté de moi, tout près. Elle avait sept mois et demi de plus que moi, mais elle n'avait pas encore de seins, sinon, je lui aurais demandé si je pouvais en toucher un. Les employés qui tenaient la cafétéria du sous-sol n'étaient apparemment pas informés de qui avait été arrêté ou non et, du moment qu'on payait, ils nous laissaient manger là.

Mes parents n'étaient pas abonnés à la *Pravda*, ce qui me fait supposer qu'ils avaient une si grande importance qu'ils n'en avaient pas besoin, mais il y avait toujours un journal du jour dans la vitrine jouxtant le banc de l'amiral dans l'entrée principale de la maison, et nous, les enfants, nous lisions les titres en attendant la Packard suivante. Voilà comment j'avais eu connaissance de ce complot des médecins de l'hôpital du Kremlin.

« Est-ce que tu connaissais quelqu'un parmi ces trente-sept docteurs terroristes ? » demandai-je à ma mère, ce jour-là, en rentrant de l'école.

Elle fronça les sourcils et les plis qui se formèrent entre ses yeux la firent paraître plus vieille que ses trente et quelques années, qui était l'âge que je lui donnais.

« Comment es-tu au courant de ça ? »

Je lui parlai de la *Pravda* de la vitrine et de l'article sur les assassins en blouse blanche qui administraient des traitements nocifs à des membres importants de la hiérarchie.

« Et pourquoi le titre dit-il que les docteurs arrêtés sont des Israélites ? » insistai-je.

Il se trouvait justement que ma mère les connaissait presque tous, l'un d'entre eux travaillait dans son service de cardiologie et un autre au même étage, à la radiologie. Et ils étaient, peut-être par hasard, probablement par hasard, sans aucun doute par hasard – comment aurait-il pu en être autrement dans la glorieuse Union des républiques socialistes soviétiques de l'honorable Camarade Staline ? – presque tous israélites. Sauf que je ne comprenais pas pourquoi la *Pravda* avait besoin de le préciser. Les très rares d'entre eux qui n'étaient pas israélites n'étaient pas qualifiés de chrétiens, de musulmans ou de je ne sais quoi d'autre. De même, la nécrologie de mon père parue dans la *Pravda* parlait du héros soviétique Rozental – sans dire qu'il était israélite.

J'imagine que j'en suis un aussi. Un Israélite, pas un héros.

Concernant ma mère, voilà ce qu'il faut savoir :

1. Elle avait un de ces petits pistolets Chagan – je crois qu'il avait appartenu à son père, pendant la campagne de Pologne après la révolution – caché derrière des livres dans notre pièce secrète.

2. Elle possédait une collection de disques de jazz américains, rangés à côté du gramophone allemand, ainsi que des livres en anglais et en allemand que mon père avait rapportés de ses voyages à l'étranger, cachés dans la pièce secrète, derrière la bibliothèque du séjour. Il fallait passer la main derrière les *Œuvres complètes* de Joseph Staline et soulever un loquet pour ouvrir la porte. Dans cette pièce, il y avait un escabeau de trois marches. En montant sur la plus haute, on avait vue sur le séjour, à travers une fissure. Vu de l'autre côté, on aurait dit une craquelure dans le plâtre. C'est ainsi que j'avais assisté à l'arrestation de ma mère. Elle était assise sur le canapé aux coussins râpés et lisait un livre, très tranquillement – je savais qu'elle faisait semblant parce qu'elle n'avait pas ses lunettes – pendant que les cinq agents, tous revêtus d'un imperméable qui leur arrivait à la cheville alors qu'il ne pleuvait pas, fouillaient l'appartement.

Ils n'avaient même pas retiré leur chapeau, ce pourquoi je m'étais dit qu'ils n'étaient pas spécialement bien élevés. Ils emportèrent le moindre bout de papier traînant dans le bureau de mon père, ainsi que les livres en langue étrangère qu'ils avaient trouvés en tas par terre, ou dans les toilettes, et aussi un album de photos de famille dans lequel manquaient celles des personnes arrêtées – ma mère en avait mis d'autres à la place, pour qu'on ne s'aperçoive pas qu'il avait été *nettoyé* – se trouvant dans le vieux sac à dos de l'armée de mon père. Au moment où on emmenait ma mère, j'entendis un des imperméables du NKVD lui demander où était son fils.

« Il est à Sochi, chez sa grand-mère, répondit-elle.

– C'est tant mieux pour lui, entendis-je remarquer l'imperméable.

– Pas du tout », dit ma mère, tout en tournant légèrement sa tête en direction de la fissure dans le plâtre du séjour, avec cette expression qu'elle avait, moitié souriante, moitié agacée. « S'il était ici pour voir ça, il saurait que je n'ai pas peur de vous. Étant donné que je suis une citoyenne soviétique loyale, je n'ai rien à craindre. Il se dirait qu'avec la mort de son père et, maintenant, mon arrestation, il est l'homme de la famille et devra tout assumer jusqu'à ce que je sois libérée et que je rentre à la maison. »

Je peux certifier qu'après l'arrestation de ma mère, j'ai assumé. Étant l'homme de la famille, et plus l'enfant de la famille, je n'ai pas eu besoin qu'on me rappelle de me brosser les dents deux fois par jour, et avec de la poudre dentifrice, bien entendu. Je me lavais derrière les oreilles avant de me coucher à neuf heures pile, lumière éteinte et sans lire avec une lampe de poche, presque tous les soirs – bon, mettons une bonne partie du temps. Dites, à quoi ça sert d'être l'homme de la famille, si on ne peut pas décider soi-même de l'heure d'aller au lit.

3. Le Chagan de ma mère était chargé avec cinq balles.

4. On se disputait beaucoup, ma mère et moi. Elle ne comprenait pas les hommes. Elle en voulait à mon père d'être mort – d'avoir fait passer les barres d'uranium avant elle. Elle m'en voulait de ne pas en vouloir à mon père d'être mort, et aussi parce que j'étais le portrait craché de mon père davantage que le sien. Pour ma défense, je dirais que ce n'est pas ma faute.

5. Au sujet de l'arrestation, je dois vous faire part d'un affreux détail. Après qu'ils eurent emmené ma mère et scellé l'appartement avec du ruban adhésif NKVD, j'ai trouvé… comment puis-je raconter ça sans passer à vos yeux pour un gros dégoûtant ? Voilà : un des imperméables chargés de fouiller l'appartement avait laissé sa carte de visite : un étron dans la cuvette des toilettes, tout à fait visible. Vous pensez bien que je me suis empressé de tirer la chasse, mais le souvenir de ce type qui n'avait pas pu – pas voulu – faire ce simple geste me trotte dans la tête. Qu'est-ce qu'il essayait de nous dire par là ?

6. Je n'ai pas de numéro 6. Pour le moment.

À bien y réfléchir, je devrais peut-être commencer par raconter comment j'en suis venu à faire la connaissance du vieux, car après tout, c'est censé être le sujet principal de ce livre. Donc : ma mère avait planqué des liasses de roubles maintenues par des élastiques dans la cachette derrière le poêle en céramique, et du moment qu'on savait quel carreau était mobile et qu'on le déplaçait avec le manche d'une cuillère, c'était un jeu d'enfant d'y accéder. Le père d'Isabeau cachait aussi une boîte à chaussures pleine de roubles dans sa pièce secrète. Mais deux semaines, ou peut-être trois, après l'arrestation de nos mères, Isabeau et moi avions commencé à manquer d'argent. On aurait bien demandé du crédit, sauf que sur le mur placé derrière la caissière de la cafétéria un écriteau disait : « Les socialistes ne demandent pas de crédit, ceux qui le font n'en obtiennent pas. » Pendant quelques jours on avait réussi à soutirer quelques sous à Vladimir, à Pavel ou à Zinaïda, la demi-sœur aînée des jumeaux, mais cette source commençait à se tarir. On caressait l'idée de monter sur le toit pour aller à la pêche aux pigeons mais la pensée de dépecer les oiseaux pris au piège, puis de manger ceux qu'on avait dépecés nous coupait un peu l'appétit. On s'était dit qu'il était temps de prendre des mesures radicales, à savoir qu'il faudrait que je sorte de la maison pour vendre un des petits tableaux que mon père avait rapportés de Paris, où il avait participé à un congrès scientifique dans les années vingt. Alors qu'elle m'expliquait comment survivre au cas où elle serait arrêtée, ma mère m'avait donné l'adresse de Mme Jacobson, une marchande d'art qui avait une petite galerie dans son appartement, situé dans une rue donnant sur Gorki. Isabeau et moi avions cessé d'aller à l'école n° 175 le jour où nos appartements avaient été scellés par le NKVD et il était donc hors de question de sortir de notre immeuble par la grande porte, vu que l'amiral qui travaillait au noir comme portier avait la liste des personnes arrêtées. (Un jour, Isabeau avait pu jeter un coup d'œil sur cette liste et elle avait dit qu'il y avait des pages et des pages pleines de noms.) Chaque matin, l'amiral informait ceux qui le lui demandaient et même certains qui ne le lui demandaient pas, des arrestations de la veille. Isabeau et moi n'étions pas supposés habiter encore la Maison du quai. Ce qui signifiait que le seul moyen pour moi d'aller dans cette galerie avec le tableau était d'emprunter le tunnel secret sous la Moskova, reliant la maison à la ville. Nous, les enfants, connaissions tous l'existence de ce tunnel bien avant que je l'eusse emprunté pour de bon. Un jour, je m'y étais aventuré avec Pavel pour aller voir la porte ronde qui s'ouvrait lorsqu'on tournait la grosse roue fixée dessus.

« Il faudrait que je t'accompagne, déclara Isabeau pour la dixième fois, mais le ton de sa voix disait le contraire.

– À deux, on attirerait l'attention, rétorquai-je. Et puis, c'est un travail d'homme.

– Et qu'est-ce qui te fait croire que tu es un homme ?

– Ta question est insultante. Ma mère m'a désigné comme l'homme de la famille, en son absence. »

Et voilà comment j'en suis venu à descendre les six étages de l'escalier en bois, au bout de notre couloir secret, pour accéder au troisième sous-sol, là où commençait le tunnel. Isabeau m'avait accompagné jusqu'à la porte ronde pour me dire au revoir. Elle me passa la main dans les cheveux pour me porter chance.

« Tu as peur ? » me demanda-t-elle.

Question idiote. Comme si j'allais avouer une chose pareille à une fille.

« À bientôt », lui dis-je et, avec ma torche qui me montrait le chemin et le tableau emballé dans du papier journal fourré dans mon sac à dos, je m'engageai dans le tunnel.

À vrai dire, j'avais déjà traversé ce tunnel sous le fleuve (que pour une raison que je ne connais toujours pas, mon père appelait le Styx) une première fois avec mon père, pour ce qu'il avait appelé une « mission de formation », et une deuxième avec Vladimir et Pavel, après l'arrestation de leurs parents, quand ils avaient fait une razzia sur le chocolat et, enfin, avec Zinaïda, quand elle était allée se faire percer les oreilles. Mais là, c'était ma première traversée en solo. Il y avait des câbles coaxiaux, des gaines bourrées de fils courant le long du mur en ciment et une pellicule d'eau sur le sol en brique, ainsi qu'une odeur suffocante de renfermé que j'associai à du poisson pourri et aux pets des individus qui étaient là. Dans la pénombre, j'en distinguais des dizaines et des dizaines, qui campaient dans le tunnel, blottis dans des renfoncements, dormant sur des rebords ou sur des caisses d'emballage empilées, avec leur grosse capote militaire matelassée bien entortillée autour d'eux comme une couverture. Des toux rauques résonnaient dans le tunnel. Il y avait des tuyaux avec des embouts crachant de minces jets de vapeur dans l'air humide, ce qui devait certainement permettre de chauffer le tunnel en hiver, même si cela donnait l'impression de cheminer à travers de mystérieux bas-fonds. À mi-parcours, une main surgie des ténèbres m'attrapa par la cheville.

« Une cigarette, dit une voix. Et je te laisse passer.

– Je ne fume pas encore », répondis-je, en dégageant mon pied d'un coup sec.

L'homme se mit à sangloter.

« Ça suffit avec ce raffut, protesta quelqu'un dans l'obscurité. Il y a ici des camarades qui essaient de dormir. »

J'atteignis l'extrémité du tunnel en quelques minutes, escaladai une échelle de fer et, en arrivant en haut, je fis glisser la plaque Zhivago – nous, les enfants, on appelait ces plaques des zhivagos, parce que le nom du fabricant était gravé dessus. J'émergeai dans le parc proche de la tombe du soldat inconnu. Dehors, il faisait sombre, mais ce n'était pas l'obscurité du tunnel, c'était une obscurité transparente qui ressemblait à celle de ce monde-ci et non à celle d'un monde alternatif, par conséquent, je n'étais plus… disons, effrayé. Je remontai la rue Gorki, parmi la foule des gens qui se hâtaient de rentrer chez eux, la tête penchée contre un vent qui ne soufflait pas, du moins je ne le sentais pas. Je passai devant des immeubles d'importance diverse, très hauts, moyens et petits, dont beaucoup abritaient des magasins d'État au rez-de-chaussée, avec de longues queues débordant sur le trottoir, mais j'ignorais ce qu'on y vendait parce qu'il n'y avait rien dans les vitrines. Arrivé devant la quatrième maison de la petite rue, je pressai la sonnette de Mme Jacobson. J'entendis un grésillement, poussai la porte et pénétrai dans le hall de ce qui avait dû être la maison particulière d'un riche capitaliste. J'entendis des pas descendre l'escalier pourtant recouvert d'un tapis. Une très vieille dame, enveloppée dans un immense châle, apparut. Elle était plus petite que moi parce qu'elle était courbée comme une parenthèse. Je me demandai si elle n'avait pas mal au cou à force de devoir toujours lever la tête. Je lui annonçai que j'étais le fils de Rozental, je lui dis pourquoi j'étais là et déballai le tableau.

« Est-ce que ta mère t'a parlé d'Amadeo Modigliani », me demanda la dame. Je fis non de la tête. « C'était un jeune peintre italien qui vivait à Paris, expliqua-t-elle.

– Et qui est la dame du tableau ? demandai-je.

– C'est notre très chère poétesse Anna Akhmatova, dit-elle.

– Est-ce parce qu'ils étaient tellement pauvres qu'il a été obligé de la peindre sans aucun vêtement ?

– Ils étaient jeunes et amoureux, dit la dame. Ils étaient amants. Tu es sans doute trop jeune pour savoir ce que ça veut dire.

– Je suis jeune mais je ne suis pas idiot », répliquai-je.

Avec un petit rire, la dame chaussa des lunettes parfaitement rondes et retourna le tableau pour examiner le dos de la toile.

« Oui, oui, trois cents roubles, c'est le prix sur lequel on s'était entendues quand elle avait envisagé de vendre un de ses Modigliani. Attends-moi ici, mon garçon. »

Elle remit le tableau dans le journal et remonta l'escalier avec. Au bout d'un moment, elle réapparut avec un petit paquet enveloppé dans du papier journal. Dedans, il y avait une grosse liasse de roubles.

« Tu peux les compter, si tu veux », me dit-elle.

Oui, je le voulais. Je m'accroupis et commençai à compter, en me léchant le pouce de temps en temps quand il était trop sec pour feuilleter les billets. Je me redressai et mis l'argent dans mon sac à dos.

« Comment t'appelles-tu, mon garçon ? me demanda Mme Jacobson.

– Léon », répondis-je.

Tout en me scrutant attentivement derrière ses lunettes, elle hocha la tête, comme si j'avais dit quelque chose d'important.

« Mon mari aussi s'appelait Léon, murmura-t-elle.

– Il ne s'appelle plus Léon ? » demandai-je.

Mme Jacobson sourit du sourire le plus triste qu'ait jamais eu un être humain.

« Où il se trouve maintenant, il a un numéro à la place d'un nom. » Elle ouvrit la porte donnant sur la rue : « Au revoir, Léon.

– Au revoir, Mme Jacobson. »

Je ne comprenais pas très bien pourquoi quelqu'un pourrait vouloir qu'on l'appelle par un numéro plutôt que par un nom, mais hé hé, un petit oiseau me murmurait à l'oreille que c'était une explication dont j'avais intérêt à me passer. Je sortis donc de la maison discrètement et repris la direction du tunnel.

La véritable aventure a commencé avec le voyage du retour. J'avais parcouru environ le tiers du tunnel quand le rayon de ma torche a heurté une porte en fer ménagée dans le mur de brique vouté. J'ai donné un coup de pied dans cette porte, les portes étant faites pour qu'on donne des coups de pied dedans quand, à ma grande surprise, le cadenas rouillé est tombé dans l'eau en m'éclaboussant les pieds et la porte s'est entrouverte en grinçant. N'étant pas du genre à reculer devant un obstacle, je l'ai ouverte suffisamment pour pouvoir me glisser de l'autre côté et c'est ainsi que je me suis retrouvé dans un étroit couloir partant du tunnel principal. Comme la lumière de ma torche ne portait pas jusqu'au fond du passage, j'ai continué à avancer. Tout au bout, il y avait une échelle de fer, pas assez rouillée pour que je ne puisse y grimper, et en haut, au moins à trois ou quatre étages au-dessus, il y avait une porte en bois tellement étroite qu'il fallait se placer de biais pour la franchir, ce que j'ai fait, étant qui j'étais. À l'intérieur, il faisait sombre, mais pas au point de m'empêcher de voir que je me trouvais dans une immense salle de bal, vaste comme un hangar d'avions. On aurait pu y loger deux de ces gros bombardiers soviétiques, et je n'exagère pas. Des lustres gigantesques pendaient à un drôle de plafond. De gigantesques portraits de ce qui devaient être des tsars et des tsarines étaient accrochés aux murs. Les fenêtres gigantesques étaient recouvertes de tentures si épaisses qu'elles étouffaient les bruits montant de la rue qui, je suppose, passait dessous. (Je vous l'ai peut-être déjà dit ?) Tout au fond de ce hangar, j'ai aperçu quatre hommes autour d'une table – deux, qui arboraient une tenue civile que, nous les enfants, on appelait un *quarante-cinquième*, parce que c'était la tenue qu'on avait commencé à porter à la fin de la Grande Guerre patriotique, étaient debout, tandis que les deux autres, en uniforme, étaient assis l'un en face de l'autre. De vrais fusils étaient appuyés au mur, à côté d'eux. J'ai glissé ma torche dans mon sac à dos et traversé la salle de bal en direction de la table. Un des hommes en uniforme m'a jeté un bref regard, mais comme il ne disait rien, je me suis avancé encore un peu plus. Les deux hommes en uniforme jouaient aux échecs avec d'incroyables pièces en ivoire, qui ressemblaient à des seigneurs de guerre chinois, avec leurs gardes du corps. Papa, qui m'avait appris à jouer aux échecs alors que j'avais quatre ans, fronçait les sourcils d'une manière particulière quand je déplaçais une pièce stupidement et, alors, je la reprenais en vitesse. J'ai observé un moment les deux types en uniforme. Lorsque celui qui avait les blancs a déplacé son cavalier en direction du fou de la reine en 6, j'ai tenté de refaire la grimace de mon père. Comme le type ne saisissait pas le message, je n'ai pas pu me retenir :

« Mauvais coup, ai-je dit. Dans le cas d'une ouverture Ruy Lopez, ce que vous avez fait à l'évidence, il faut tout concentrer sur le flanc du roi et ne pas affaiblir l'aile de la reine, ce que vous êtes en train de faire.

– Ce petit sait jouer aux échecs, a ricané l'un des deux *quarante-cinquièmes.*

– Il a raison quand il dit de tout concentrer sur le flanc du roi », a remarqué l'autre civil.

Visiblement vexé, l'officier qui avait les blancs a reculé sur sa chaise et s'est levé.

« Qu'il termine la partie, ce petit con, puisqu'il est si malin.

– Vas-y, petit, a dit l'autre officier. Montre au chef comment tout concentrer sur l'aile du roi. »

Je me suis assis, j'ai examiné l'échiquier, puis j'ai déplacé le fou de la reine au cavalier du roi en 5. Le noir a déplacé sa tour en 4 pour attaquer mon fou. J'ai déplacé ma tour en 4, sacrifiant mon fou. Mon adversaire a contemplé le plateau, a levé les yeux sur moi puis les a reposés sur l'échiquier et, avec un méchant sourire sur ses grosses lèvres, il a mangé mon fou avec sa pièce. Ma pièce a mangé sa pièce. Comme le noir avait déjà roqué, cela libérait la rangée de la tour, pour attaquer son roi. C'est à ce moment que l'officier en face de moi s'est levé d'un bond et les trois autres se sont mis au garde à vous. Je me suis retourné. Un vieil homme entrait par les doubles portes, traînant les pieds dans ses chaussons fourrés. Il tenait dans une main une cage en bambou enfermant un perroquet aux couleurs criardes et, dans l'autre, un verre de lait. Il portait un pantalon de survêtement rouille et une vareuse militaire marron boutonnée jusqu'au cou, ce qui signifiait qu'il avait dû participer à la Grande Guerre patriotique. Il n'y avait aucune médaille sur sa vareuse, ce qui indiquait qu'il n'avait pas accompli d'actions d'éclat.

« Qui est ce petit ? a-t-il demandé.

– Il est entré comme ça, dit l'officier qui avait les noirs. On a pensé qu'il habitait dans l'ensemble. »

Le vieux m'a examiné un moment.

« Est-ce que tu manges tes légumes ? m'a-t-il demandé.

– Pas si je peux l'éviter », ai-je répondu du tac au tac.

Le vieil homme a émis un grognement d'amusement.

« Tu aimes les glaces ? » J'ai dû hocher la tête puisqu'il a poursuivi : « Quel parfum préfères-tu ?

– La vanille. »

Il a lancé un ordre sec à l'un des joueurs d'échecs.

« Dis à Valechka d'apporter deux boules de glace à la vanille nappées de sauce au chocolat. »

De la tête, il m'a fait signe de le suivre et a commencé très lentement, on pourrait presque dire péniblement, à monter l'escalier de fer en colimaçon.

L'officier que son collègue avait appelé chef m'a saisi par le bras pour que je me lève.

« Il t'a invité à monter dans son appartement », a-t-il dit, dans un chuchotement péremptoire.

Il a pris mon sac à dos et l'a tendu à l'autre militaire, puis il m'a palpé les bras, les flancs et les jambes. J'ai risqué une plaisanterie.

« Mais non, je ne suis pas armé. »

Il n'a pas eu l'air de me trouver drôle.

« T'as pas intérêt », a-t-il dit et, de la tête, il m'a montré l'escalier en colimaçon, en ajoutant : « Vas-y.

– Et mon sac ?

– On te le rendra à la sortie. »

J'ai monté l'escalier derrière le vieux et pénétré dans un appartement par une lourde porte en bois dont l'intérieur était bardé de plaques métalliques. Le plafond était si bas que, en grimpant sur une chaise, j'aurais pu le toucher avec le bout des doigts. Les rares fenêtres que je pouvais voir étaient des fentes placées très en hauteur, fermées par des volets métalliques brillants. J'ai franchi la porte de ce qui paraissait être une chambre à coucher, dont le lit défait était jonché d'oreillers. Je suis passé devant d'autres pièces, s'ouvrant sur la gauche, mais comme il n'y avait pas de lumière, je n'ai pas vu ce qu'il y avait à l'intérieur. Le vieux m'a fait entrer dans une salle de séjour grande comme une piste de patinage, puis dans une pièce plus petite où il y avait un immense bureau et un poêle en céramique à l'ancienne, sur lequel séchaient des caleçons longs. L'un des murs était entièrement tapissé d'affiches de films américains. J'avais appris l'américain tout seul, dans un livre emprunté par ma mère à la bibliothèque secrète de l'hôpital du Kremlin, et qui s'appelait *L'attrape-cœurs*. Je m'étais si bien identifié avec le personnage de Holden Caulfield que j'ai fini par raconter en américain les souvenirs de mes conciliabules avec le vieux. Connaissant assez bien cette langue, je pouvais lire les titres des films de ces affiches : *Abbott et Costello à Hollywood*, *L'invasion des profanateurs de sépultures*, *Deanna mène l'enquête* et *Zombies on Broadway*, pour n'en citer que quelques-uns. Sur un présentoir il y avait un buste du camarade Staline en papier mâché et je me suis senti soulagé de constater qu'il paraissait en parfaite santé, exactement comme sur l'affiche géante placardée sur le mur du grand magasin GOUM, sur la place Rouge. Des livres étaient empilés par terre, formant parfois des tours si hautes qu'elles faisaient penser à ces photos de tours penchées, en Italie. Les titres au dos : *Pierre le Grand, Ivan l'Effroi*, les œuvres complètes de Rosa Luxemburg, peu importe qui c'était. Il y avait un livre religieux ouvert sur la chaise qu'il me désigna. *Les douze commandements sexuels du prolétariat*, d'un certain Zalkind. J'ai corné la page de manière à ce que le vieux ne perde pas le fil de sa lecture, j'ai refermé le livre et l'ai posé par terre, sous la chaise. Sur le grand bureau il y avait d'épaisses liasses de papiers, calée chacune par une brique, des paquets scellés étiquetés PAS D'ÉLÉMENTS EMPOISONNÉS DÉTECTÉS, un encrier, une bouteille d'eau de Borzhom, un râtelier portant quatre ou cinq pipes, un téléphone noir et un très gros revolver. Le vieux a posé son perroquet par terre et, s'enfonçant avec un soupir dans le fauteuil moelleux placé derrière son bureau, il a commencé à buvoter son lait.

LE VIEUX : Tu as sans doute un nom ? m'a-t-il dit, je m'en souviens.

À la lumière de la lampe de bureau, je voyais très nettement son visage. Il faut dire que c'était quelque chose, ce visage. Ses cheveux avaient une couleur grisâtre, mais pas parce qu'ils étaient sales, et ils se clairsemaient, ne couvrant plus que la moitié du crâne. La partie visible de ce crâne était semée de plaques rouges. Il avait la figure grêlée, à cause de la variole, des yeux protubérants de crapaud alourdis par des poches et ses paupières clignaient en rafale sur le blanc de ses yeux noyés, ce qui m'a fait penser qu'il essayait peut-être d'évacuer de mauvaises pensées avant qu'elles ne polluent son esprit. Un unique poil noir s'échappait de sa narine gauche, des touffes garnissaient l'intérieur de ses oreilles, le reste clairsemé d'une moustache grise barrait sa lèvre supérieure, des particules d'écume blanchissaient les commissures de ses lèvres et des fanons tremblotaient sous son menton.

Et puis, passez-moi l'expression, il lâchait beaucoup de gaz. Voyant qu'il n'en était nullement gêné, je me dis que je n'avais pas à l'être non plus et on a continué à parler comme si rien ne venait ponctuer notre conciliabule. Quant à ses dents, tout ce que je peux dire c'est qu'elles avaient désespérément besoin d'un bon dentiste. J'ai vu que le vieux portait un collier de gousses d'ail autour du cou. Sa main gauche, qui tripotait une des gousses, semblait infirme, les doigts avaient l'air de ne pas bien fonctionner du tout. Peut-être était-ce mon imagination, mais son bras gauche paraissait plus court que l'autre.

MOI : Tout le monde a un nom, finis-je par dire. Moi, c'est Léon. Mon père était un grand admirateur de l'honorable camarade Staline et il avait décidé, si j'avais été un garçon – ce qui, comme vous le voyez, est le cas –, de me prénommer comme lui. Ma mère voulait que je m'appelle comme son défunt père. Le défunt père a gagné. Et toi, c'est quoi ton prénom ?

LE VIEUX : Ça dépend.

MOI : De quoi ?

LE VIEUX : Ça dépend de la personne qui me parle et de l'ancienneté de nos relations. Ma sainte mère m'appelait son petit Soso. Pour les ouvriers de l'usine Putilov de Petrograd, j'étais le camarade Ivanovich et j'étais Chichikov dans une banlieue embourgeoisée de la ville. J'ai débarqué à Vienne avec un passeport attestant que je me nommais Papadopoulos. Mes amis géorgiens, le peu qu'il m'en reste, les rares qui n'ont pas été exécutés, m'appellent Koba, qui était mon nom de guerre dans le Caucase rugissant d'avant la révolution. Le premier Koba était un brigand dans un roman géorgien populaire que je n'ai jamais lu, à dire la vérité. J'étais trop occupé à faire l'histoire pour lire de l'histoire. Tu peux m'appeler Koba.

J'ai fait un essai, histoire de voir.

MOI : Koba. Très bien. Est-ce que ta mère habite ici, avec toi ?

LE VIEUX : Elle est morte avant ta naissance. (Il m'examinait de ses yeux rétrécis.) Tu poses beaucoup de questions pour un gamin. Que fais-tu ?

MOI : Avant, j'allais à l'école. En ce moment je suis plus ou moins en vacances. Quand j'allais à l'école j'étais le rédacteur en chef de la feuille d'informations de ma section de Pionniers.

LE VIEUX : Ce qui fait de toi un journaliste.

MOI : Mon père m'appelait son petit journaliste.

LE VIEUX : J'ai une idée. Pourquoi tu ne m'interviewerais pas ? Tu me poses des questions et je réponds à celles qui ne concernent pas des secrets d'État.

MOI : Quel genre de questions ?

LE VIEUX : N'importe quoi qui te passera par la tête. Si tu me poses suffisamment de questions et que tu notes mes réponses en rentrant chez toi, tu auras une biographie autorisée.

Après tout, ça ne me dérangeait pas qu'il veuille que j'écrive sa biographie. C'était peut-être quelqu'un d'assez important pour que des gens s'intéressent à ses réponses. Ou peut-être pas. De toute façon, qu'est-ce que j'avais à y perdre, sinon du temps ? C'est donc par cette question que j'ai commencé :

MOI : J'ai remarqué que tu parlais russe avec un accent. Comment ça se fait ?

LE VIEUX : Ha ! Ce petit a de l'oreille. Je suis né en Géorgie, dans un trou nommé Gori. J'y suis retourné l'année dernière, ou alors celle d'avant ; je n'ai rien reconnu. Sur les berges de la rivière dans laquelle je nageais, il y avait plein d'usines. J'ai retrouvé ma maison – j'ai su que c'était ma maison parce que, tous les ans, à mon anniversaire, ma mère me mesurait et traçait un trait sur le chambranle de la porte à la hauteur de ma tête. Ce qui est drôle, c'est que je ne me souviens pas avoir été si petit.

MOI : Si tu es géorgien, c'est que tu n'es pas russe, alors.

LE VIEUX : Napoléon n'était pas français. Hitler n'était pas allemand. Je ne suis pas russe, du moins de naissance. Et après ? J'ai des racines ossètes par ma mère, mais je suis russe par transfusion, pour ainsi dire, a-t-il remarqué, en riant, tellement il se trouvait drôle. C'est pas mal, ça. Russe par transfusion ! Rappelle-toi cette expression, petit. Note-la en rentrant chez toi. Ça pourrait presque être le sous-titre de ma biographie.

MOI : À part la langue, à part ton accent quand tu parles russe, y a-t-il une différence entre les Russes et les Géorgiens ?

LE VIEUX : Y a-t-il une différence entre le jour et la nuit ? Les Russes que je connais ont du mal à se rappeler le nom de leurs grands-parents. Un Géorgien qui se targue d'être un homme peut, par son nom de baptême et son patronyme, remonter dans sa lignée jusqu'à la sixième génération. Quand deux Géorgiens se rencontrent, ils parlent de généalogie. Étant donné que le pays est tout petit, il y a une bonne chance qu'ils se découvrent un ancêtre commun. La tante de l'arrière-grand-mère de l'un était la cousine de l'arrière-grand-mère de l'épouse de l'oncle de la mère de l'autre.

MOI : Mes grands-parents paternels sont tous morts. Mon père aussi.

Je ne crois pas qu'il m'avait entendu, ou alors c'est qu'il ne s'intéressait pas autant à moi qu'à lui-même.

LE VIEUX : J'ai parlé géorgien bien avant de parler russe, je l'entends encore me dire. Je n'ai parlé couramment russe que lorsque je suis entré au séminaire pour devenir prêtre. Ces longues barbes noires sur le visage des religieux, ce sont comme des masques. On ne voit que des yeux qui vous scrutent. Les paysans ont un dicton qui dit : « Même les chèvres ont une barbe. » C'est fou ce que j'aime me raser – se raser chaque jour est un plaisir animal. Ça me rappelle que je me suis enfui de ce séminaire de merde.

MOI : Donc, tu n'es pas prêtre.

Il a reniflé si bruyamment qu'on aurait presque cru entendre une sonnerie de clairon.

LE VIEUX : Un dicton de chez nous disait : « On est le bienvenu dans l'église pour ce qu'on croit, on en est banni à cause de ce qu'on sait. » J'ai été renvoyé du séminaire de Tiflis à cause de ce que je savais, c'est-à-dire que l'histoire selon laquelle Dieu le Père a envoyé son fils unique sur la terre pour subir une fin atroce et racheter le péché originel d'Adam – qui selon cet obsédé sexuel d'Augustin est la luxure – est une invention pure et simple. Le fait que je prêchais sur mon temps libre l'évangile selon Marx ne m'a pas aidé dans le procès que m'avait intenté l'abbé.

MOI : C'est quoi, l'évangile selon Marx ?

LE VIEUX : L'histoire se répète, la première fois sous forme de tragédie, la deuxième sous forme de farce.

MOI : Je ne suis pas sûr de comprendre…

LE VIEUX : Tu comprendras quand tu seras grand. Où en étais-je ? Ah oui, je te parlais du séminaire. Jusqu'au jour de sa mort, ma mère – qu'elle repose en paix – a souhaité que je prononce mes vœux.

Ce que j'ai fait, dans un certain sens. J'ai prononcé leurs maudits vœux. D'une certaine façon, je suis un prêtre. De même que Staline, j'écoute attentivement les confessions. J'établis des châtiments appropriés afin d'aider les individus coupables à assumer leurs crimes. Ha ! Tu serais dans le vrai si tu me comparais au chef d'un orchestre philharmonique qui dirigerait la vie des gens, dit-il, en tirant sur les pans de sa vareuse. Il se trouve justement que j'ai le grade de généralissime.

MOI : J'ai remarqué ta vareuse. Mon père avait exactement la même quand il partait faire son mois chez les réservistes. Je vois aussi qu'il n'y a pas de médaille sur la tienne.

LE VIEUX : Je suis quelqu'un de modeste – contrairement à certains des chatons du Politburo de Staline qui dorment avec leurs médailles, moi je les mets dans une boîte à chaussures. (Il y a eu alors une lueur amusée dans ses yeux.) Écoute-moi, je prends modèle sur Staline lui-même, qui est la modestie personnifiée – quand ses chatons proposèrent de rebaptiser Moscou *Stalinodar*, il a carrément refusé. Je parie qu'on n'enseigne pas ce petit détail dans ton école.

Je me souviens que le vieux était en train de tirer une bouffée de sa cigarette quand, tout à coup, il m'a demandé à travers la fumée si je croyais en Dieu. Je lui ai répondu que j'étais agnostique, comme mon père.

LE VIEUX : Sais-tu ce que veut dire agnostique ?

MOI : Pas exactement, ai-je avoué. Je pense que c'est quelqu'un qui a peur de croire en Dieu et peur de ne pas y croire. Et toi ? Tu crois en Dieu ?

LE VIEUX : Luther, ce saint homme teuton qui fut excommunié par la Diète de Worms à cause de son indiscipline, avait mis dans le mille en placardant ses thèses sur la porte de la cathédrale : l'Église est un bordel, les papes qui la dirigent sont des démons. Dans ma jeunesse j'avais plus ou moins peur de ne pas croire en Dieu, comme tu le dis, j'étais en colère contre le métropolite qui présidait mon séminaire parce qu'il affirmait que ce dieu était vertueux. Vertueux, mon cul ! Voilà comment j'en suis venu à adorer cet ange déchu qu'on appelle Satan. C'est Satan qui a conçu Adam et Ève, nus dans le jardin d'Éden, et les a tentés avec le péché originel, pour irriter Dieu le Père. Je fais tout mon possible pour irriter Dieu le Père, chaque fois que je le peux. (Le vieux, qui hochait la tête comme pour approuver ses propos, paraissait très content de lui.) Pour en revenir à l'époque de mes brigandages, en Géorgie, je pensais que la vie avait un sens caché et j'étais bien décidé à le découvrir. Je pensais que l'histoire était entièrement façonnée par les héros et j'avais décidé d'en être un. Et maintenant que j'y pense, c'est probablement à cause de ça que je suis tombé sur le communisme et V. Lénine, ce poisson pilote qui a emmené son banc de tortues marxistes jusqu'à la révolution. Écoute bien, petit, ne répète à quiconque ce que je vais te dire, tant que je serai en vie.

MOI : Je ne le répèterai pas. C'est promis.

Et j'ai tenu ma parole. Mais maintenant qu'il est mort, je peux dire ce qu'il a dit.

LE VIEUX : Je ne suis pas persuadé que l'histoire soit façonnée par les héros. Je ne suis pas convaincu que la vie ait un sens autre que la mort.

Je n'étais pas sûr qu'il plaisantait, je n'étais pas certain qu'il ne plaisantait pas. Je le lui aurais bien demandé, si une femme qui paraissait avoir à peu près l'âge de ma mère à un ou deux ans près, n'était apparue à l'entrée de la pièce. Elle avait un grand tablier de cuisine blanc et portait ce qui s'avéra être une coupe de crème glacée. Le vieux m'a désigné d'un signe de tête. Elle s'est approchée et, avec un demi-sourire très doux qui me rappelait le demi-sourire de ma mère, elle me l'a donnée.

VALECHKA : Veux-tu encore un verre de lait chaud, Joseph ?

LE VIEUX : Pas ce soir, Valechka, a-t-il bougonné, en lui faisant signe de s'en aller d'un revers de la main qu'il ne cachait pas dans la poche de sa vareuse.

Le vieux et la femme en tablier ont échangé un long regard, comme pour se transmettre un message secret.

VALECHKA : Va te coucher, Joseph, a-t-elle dit d'une voix douce. Demain, tu vas avoir une longue journée, a-t-elle remarqué avant de partir.

LE VIEUX : Oui, dans un petit moment… pour une fois que j'ai un visiteur intéressant, a lancé le vieux. Ferme la porte en sortant.

VALECHKA : Je ferme toujours la porte en sortant, a-t-elle répliqué. Et je l'ouvre toujours en entrant. Et je l'ai entendue ajouter avec un rire discret : Je reviendrai quand le petit sera parti.

MOI : C'est votre femme ? ai-je demandé, quand la porte se fut refermée sur elle avec un grincement.

Ma question a paru le contrarier.

LE VIEUX : C'est ma gouvernante, c'est tout, a-t-il dit.

Ses narines se sont élargies de la même façon que les narines de mon père lorsqu'il ne savait pas trop jusqu'où aller pour répondre à mes questions sur les filles, l'amour, le mariage et comment faire des bébés. Il ne se doutait guère que je connaissais déjà les réponses à mes questions ; je les lui posais uniquement parce que j'adorais voir ses narines s'élargir.

J'ai pioché dans la crème glacée. C'était un vrai régal.

Moi : Tu dois être très riche pour habiter dans un palais, ai-je remarqué.

Le vieux : Il est vrai qu'on peut dire que je suis très riche. Les tiroirs de mon bureau sont remplis de roubles, des liasses de roubles attachées par des élastiques, mais je n'en ai pas besoin personnellement.

Il a dû détecter un doute dans mes yeux, puisqu'il a fouillé dans un tiroir et en a sorti un gros paquet de billets pour me prouver qu'il n'inventait rien.

Le vieux : Tu veux de l'argent, petit ? Comme j'avais l'air d'hésiter, il a poursuivi, en poussant le paquet vers moi : Tiens, prends cet argent, il ne va pas te mordre.

Comme si j'allais dire non.

Moi : Mais tu dois avoir besoin de ces roubles pour acheter de quoi manger, ai-je fait, en empochant les billets avant qu'il puisse changer d'avis. Il te faut payer aussi le loyer de cet appartement.

Il a reniflé à nouveau et j'ai pensé que c'était sa façon de me dire qu'il ne payait pas sa nourriture, qu'il ne payait pas de loyer pour son appartement.

J'ai promené le regard autour de moi. L'appartement du vieux était vaste. Facilement deux fois plus grand que le nôtre dans la Maison du quai. Il devait faire au moins cent cinquante mètres carrés, par conséquent, étant donné la législation soviétique, c'était forcément un logement communautaire.

Moi : Et où sont les autres personnes qui habitent ici ?

Le vieux : Personne d'autre n'habite ici. Je vis seul.

Moi : Tu ne partages pas la cuisine et la salle de bains avec une autre famille ?

Il s'est contenté de sourire de son sourire de guingois.

MOI : Tu travailles à Moscou ?

LE VIEUX : J'imagine qu'on peut dire que je travaille à Moscou.

MOI : Tu vas dans un bureau ?

LE VIEUX : Le bureau, c'est là où je suis.

MOI : Qu'est-ce que tu fais, au juste ?

LE VIEUX : Ma mère m'avait posé la même question avant de s'en aller là où va toute chair. Je vais te répondre ce que je lui avais répondu : j'organise le désordre, je dérange ce qui est organisé et, ce faisant, je réussis à séparer les bonnes pommes des pommes pourries.

Comme j'avais l'air perplexe, il a ajouté : C'est une autre façon de dire que je suis un assistant-tsar. J'aide à diriger le pays.

MOI : Puisque tu aides à diriger le pays, tu connais forcément l'honorable camarade Staline.

Ma question a paru amuser Koba.

LE VIEUX : Je pense qu'on pourrait dire ça. Oui, d'une certaine façon, je connais effectivement ton honorable camarade Staline.

MOI : Est-ce qu'il ressemble au portrait géant placardé sur le côté du GOUM ?

LE VIEUX : Il a vieilli. Pas le portrait.

MOI : À quoi il ressemble, alors ?

Je me souviens que ses yeux s'étaient fixés au-dessus de ma tête, avec une expression lointaine, du genre de celle que je surprenais dans les yeux de mon père quand ils pouvaient encore voir, quand il était encore vivant, quand il avait tenté, sans succès, de convaincre ma mère que nous devrions tous partir en Allemagne, où on lui avait proposé un poste d'enseignant dans une université, ce qui m'aurait valu de parler allemand, en plus du russe et de l'américain.

LE VIEUX : Où en étais-je ? Ah oui, tu voulais savoir à quoi ressemble ton honorable camarade Staline. Il porte le poids du monde sur ses épaules, ce qui explique probablement pourquoi elles sont voûtées. La nuit, il ne dort pas parce qu'il se fait du souci à cause de la prochaine guerre avec les capitalistes impérialistes. La chose dont il est le plus fier, et dont il s'est vanté auprès des chatons de son Politburo, c'est d'avoir résolu le problème paysan en créant des fermes collectives gérées par une nouvelle espèce d'agriculteurs prolétariens. Ils disaient que ce n'était pas faisable, ils disaient que les paysans – les derniers capitalistes de Russie soit dit en passant – ne renonceraient jamais à leurs deux précieuses vaches et à leur minuscule jardin potager, ils disaient que les paysans tueraient leurs vaches et incendieraient leurs récoltes plutôt que de les remettre à la collectivité, ils disaient qu'il en résulterait une famine massive.

MOI : Est-ce qu'ils avaient raison ? Il n'y avait pas assez à manger ?

LE VIEUX : Si tu veux être journaliste plus tard, tu dois poser la bonne question. La bonne question c'est : Y avait-il plus à manger qu'avant ?

MOI : Et ? C'était le cas ?

LE VIEUX : Ça dépend.

MOI : De quoi ?

LE VIEUX : C'est selon qu'on prend ses informations dans la presse capitaliste et ses propagandes ou dans notre presse socialiste qui dit toujours la vérité.

MOI : De quoi d'autre l'honorable camarade Staline est-il fier ?

LE VIEUX : C'est un sacré malin, notre Staline. Il a inventé les « tranches Staline », afin que les stocks de pain puissent nourrir un plus grand nombre d'ouvriers d'usine dans les villes. Et puis il a ajouté une clause au code civil soviétique de 1934, faisant de l'homosexualité un crime, ce qui lui a valu les bonnes grâces du patriarche de l'Église orthodoxe russe. On lui doit aussi d'avoir protégé la révolution de Lénine et la grande expérience socialiste contre les saboteurs qui voulaient restaurer le capitalisme.

Depuis sa cage en bambou posée sur la table de nuit, le perroquet a fait écho aux propos du vieux en émettant des croassements grinçants : *Rév...oh... lussion. Rév...oh...lussion.*

LE VIEUX : La liste des succès de Staline est longue comme mon bras valide. Plus longue même. Après la révolution, Lénine n'arrivait pas à prendre la décision de faire exécuter le tsar et sa famille. Staline a dû le dissuader de traduire en justice le tsar et cette putain de tsarine, ce qui aurait permis d'éliminer définitivement le tsar et sa femme mais pas le tsarévitch et les filles. Staline lui a fait comprendre qu'un procès comportait un danger. Nous autres, bolchéviques, devions nous débarrasser des Romanov une bonne fois pour toutes, afin qu'il ne reste plus rien de la famille royale autour de laquelle les Blancs, qui avaient engagé une guerre civile pour anéantir notre révolution, pourraient se rassembler.

Le vieux a fait faire un tour complet à son fauteuil, comme s'il se déroulait lui-même.

LE VIEUX : Quelle année sommes-nous ? a-t-il demandé tout à coup.

MOI : Nous sommes à la mi-février 1953.

Le vieux : Écoute-moi, petit, dans soixante-quatre ans, en 2017, la révolution aura cent ans. Si jamais ces maudits capitalistes venaient à l'emporter, si la glorieuse Union des républiques socialistes soviétiques se voyait reléguée dans les poubelles de l'histoire, selon l'expression pittoresque de Trotski, sache que ces ordures d'historiens en feront porter toute la responsabilité à Joseph Staline. Le stalinisme, crieront-ils sur les toits, n'était pas le communisme. Mais le premier imbécile venu est capable de se rendre compte que le stalinisme a été l'ultime manifestation du communisme. Le stalinisme était le seul moyen de sortir la révolution bolchévique de la pagaille créée par cet intellectuel de Lénine.

Sur ce, il a ri comme j'imaginais que rirait un fou ligoté dans une camisole de force. Des larmes lui venaient aux yeux. La salive s'accumulait aux commissures de ses lèvres.

Le vieux, haletant, lorsqu'il a eu repris son souffle : La Russie étant ce qu'elle est, le jour viendra où on éprouvera de la nostalgie, on regrettera ce Joseph Staline qui a sauvé la révolution. Qui, comme Thomas d'Aquin, avait compris que le mal survient quand on confond la fin et les moyens. Même s'il n'y parvient pas de son vivant, Staline n'a jamais perdu de vue la fin – une utopie qui a pour nom communisme. Comme disent les paysans, une génération plante les arbres, la suivante profite de leur ombre.

Rév...oh...lussion. Rév...oh...lussion.

Moi : Pourquoi ce perroquet ?

Le vieux : Nos mineurs du Donbass descendent dans la mine avec des canaris. C'est un système d'alerte. Si l'air est empoisonné, le canari est le premier à casser sa pipe. Un de mes gardes du corps, un brave type du Donbass, s'était dit que je serais plus en sécurité si j'avais un perroquet. Je me suis attaché à lui. Il s'appelle Kyril Modestovich. C'est le nom que porte le perroquet dans ce livre honteux écrit par Pasternak, que nos services de sécurité ont confisqué, bien que ce salopard en ait d'autres exemplaires cachés à travers toute la ville, puisqu'il en lit des chapitres à ses amis depuis des années. Tu as sûrement entendu parler de ce Pasternak. C'est un Israélite, soit dit en passant. Son nom était dans le journal lorsqu'on découvrit qu'il travaillait par intermittence depuis les années vingt à un livre antisoviétique, où il est question d'un médecin quelconque.

MOI : Un jour mon père a dit quelque chose à propos de ce Pasternak mais ma mère l'a fait taire. Je ne sais pas pourquoi. Je crois comprendre que tu ne l'aimes pas beaucoup.

LE VIEUX : Au fond de moi, j'ai un petit faible pour ce connard. Peut-être parce qu'il a traduit mon poète géorgien préféré, T. Tabidze, avant que Tabidze ne soit exécuté pour activités antisoviétiques. Quand j'étais jeune, je pouvais réciter des poèmes entiers de Tabidze. *Couleur céleste, couleur bleue* était l'un de mes préférés. Maintenant que je suis avancé en âge, je me souviens d'un vers par-ci, par-là. Peut-être est-ce parce que Pasternak est lui aussi un poète et que j'aime bien les poètes. À me voir aujourd'hui, on ne le croirait pas, petit, mais j'écrivais des poèmes. Je n'étais guère plus vieux que toi quand j'ai commencé à en écrire. Plusieurs d'entre eux ont été publiés dans *Iveria*, c'est un journal de Géorgie, mais comme je figurais sur la liste noire du tsar, je ne les avais pas signés de mon vrai nom mais sous le pseudonyme de Soselo, qui est un des noms affectueux que me donnait ma mère.

Je lui ai demandé quel genre de poésie il écrivait.

Le vieux : Mais voyons, des poèmes d'amour, évidemment. Pourquoi un poète écrirait-il autre chose que des poèmes d'amour ? C'est un moyen infaillible d'embobiner une fille pour la fourrer dans son lit. Tu sais comment t'y prendre pour ça, dis-moi ?

Moi : Enfin, Koba, j'ai seulement douze ans.

Le vieux : Tu te sens déjà attiré par les filles ?

Moi : Pas comme tu le dis. Pas encore. Mais dans un an ou deux, sûrement.

En même temps que je relate ce conciliabule, il me semble entendre le rire du vieux résonner à mes oreilles.

Le vieux : Pourquoi attendre ? voilà ce qu'il m'avait dit, je m'en souviens.

Moi : Dis, ne me bouscule pas, d'accord ? voilà ce que, me connaissant, j'avais dû lui répondre.

Je voyais bien que ce conciliabule plaisait beaucoup au vieux.

Le vieux : Tu sais, en Sibérie, où je suis allé six fois – je n'invente rien, six putain de fois ! –, embobiner une fille pour la fourrer dans son lit, c'était une question de vie ou de mort, c'était une question d'avoir assez chaud pour survivre à la nuit, pour survivre à moins quarante, jusqu'au lendemain matin quand la température montait à un raisonnable moins vingt. (Koba a fermé les yeux et a respiré bruyamment par les narines.) À Solvy-chegodsk, un misérable ramassis de cabanes qui tenait lieu de village dans l'oblast d'Arkhangelsk, j'avais été pris d'une concupiscence folle, éperdue, pour une collégienne ; elle s'appelait Pelageya Onufrieva et on avait passé la plus grande partie de l'hiver accrochés l'un à l'autre dans un lit étroit, avec une carpette en peau de mouton en guise de couverture. Voilà comment on a réussi à survivre, alors que le mercure du thermomètre extérieur gelait. Lorsque la glace a fondu, il en alla de même de mon désir pour Pelageya.

Je ne savais pas trop comment j'étais censé réagir aux détails intimes qu'il étalait devant moi, aussi j'ai préféré changer de sujet.

MOI : Tes poèmes devaient être rudement bons pour qu'on les ait publiés.

Koba s'est mis debout derrière son bureau, a redressé les épaules et, avec un grand geste de son bras valide, il a déclamé les vers d'un poème qu'il avait dû écrire avant d'être le vieil homme qu'il était devenu.

Je mets mon cœur à nu devant toi,
Rempli de joie, je tends les bras pour t'accueillir.
Mon esprit tremble, cette fois encore
J'aperçois devant moi l'éclat de la lune.

Je n'avais pas la moindre idée de ce qu'on pouvait dire à un poète au sujet de sa poésie, sans être malpoli. À sa façon de me regarder, j'ai compris qu'il s'attendait à ce que je dise quelque chose. Voici ce que je me rappelle avoir trouvé :

MOI : Tes parents devaient être très fiers de toi.

LE VIEUX : Mon père, qui était un enfoiré de première, estimait que les poètes étaient tous des pédés et la poésie une perte de temps, a déclaré le vieux, en se réinstallant dans son fauteuil. Il ne savait pas lire, il n'était même pas capable de signer son putain de nom. Il avait eu un bref moment de gloire quand le dernier prince du Caucase, Simeon Amilakhvari, qui habitait un palais ignoble au-dessus de Gori, s'était pointé dans l'atelier de l'unique cordonnier de la ville, l'ivrogne Vissarion Djougachvili. Je me rappelle que mon père m'avait envoyé chercher un petit tapis pour que son altesse sérénissime ne soit pas contrainte de poser sa chaussette royale sur le sol en terre battue, pendant que Vissarion ressemelait sa chaussure. Lorsque mon père avait tellement bu qu'il était incapable de ressemeler des souliers, il me fouettait pour les méfaits dont il me supposait coupable. Un jour, tu ne vas pas me croire, petit, il m'avait battu parce que je m'étais rongé les ongles, le lendemain soir, ivre mort, il me battit parce que je ne me rongeais pas les ongles. Tu penses sûrement que je raconte n'importe quoi.

MOI : Pas du tout. Pas du tout.

LE VIEUX : Je n'invente rien. Je ne voudrais pas te laisser sur l'impression que j'en ai gardé des cicatrices indélébiles, ce sont des choses qui arrivaient tout le temps dans cette foutue ville de Gori. C'était un trou perdu. Ha ! Personne n'y avait jamais entendu parler du juif Freud. Mon père était un fils de pute et son propre père avait été, lui aussi, un fils de pute. Par conséquent mon père me faisait ce que son père lui avait fait. Si ma sainte mère tentait de s'interposer, elle recevait le revers de sa main dans la figure. Elle voulait que je me fasse prêtre, afin que j'obtienne l'absolution pour les crimes qu'elle était certaine que j'allais commettre. Quand elle est venue me voir, à Moscou, elle se tourmentait énormément parce qu'il n'y avait plus de tsar pour empêcher la Russie de sombrer dans le chaos. Elle m'a demandé comment je gagnais ma vie. Je lui ai dit ce que je t'ai dit – que j'aide à diriger le pays. Elle n'a même pas cherché à cacher la déception qui se lisait dans ses yeux. Pour elle, c'était être prêtre ou rien.

C'est à peu près à ce moment-là que le vieux a tiré une grosse montre de la poche poitrine de sa vareuse dépourvue de médailles. Ayant été élevé par des parents qui se donnaient un mal fou pour m'enseigner les bonnes manières, j'ai compris l'allusion et j'ai bredouillé une excuse éculée comme quoi j'aurais dû être couché depuis longtemps. Riant dans sa barbe, le vieux a marmonné que, pour sa part, l'heure d'aller au lit était encore très éloignée. Je suis obligé de signaler que j'ai failli être retenu par les gardes du corps, en bas, dans le hangar à bombardiers. Tout en soupesant mon sac à dos, celui que les autres appelaient chef a remarqué, avec un calme qui n'était pas fait pour me rassurer :

« C'est beaucoup d'argent que tu as là-dedans... où diable te l'es-tu procuré ? »

Paniqué, je me demandais ce que je pourrais bien lui répondre lorsque le vieux est apparu en haut de l'escalier en colimaçon.

« Il y a un problème ? a-t-il demandé.

– Non monsieur, aucun problème, a répondu le chef aussitôt.

– J'ai beaucoup apprécié notre conversation, m'a lancé le vieux. J'ai pris un grand plaisir à être interviewé par toi. Les journalistes adultes grattent à peine la surface. Ils craignent de poser des questions trop personnelles. » Il a agité son bras valide pour me dire au revoir et a ajouté : « Reviens bientôt. »

Je lui ai rendu son salut.

« Compte sur moi », ai-je fait, en prenant mon sac des mains du chef.

Alors que je mc retournais, en traversant le hangar, j'ai aperçu la gouvernante, la dame que le vieux appelait Valechka, qui montait l'escalier en colimaçon. Elle portait une chemise de nuit d'homme, longue et blanche, que la lumière qui éclairait son dos rendait légèrement transparente. Ayant été élevé par des parents qui se donnaient un mal fou pour m'enseigner les bonnes manières, vous pouvez être sûrs que je m'empressai de regarder ailleurs, en évitant de tirer des conclusions hâtives.

2

Où le petit s’imagine à l’âge de vingt-cinq ans

Extrait du carnet de Léon :

Le vieux, se levant de derrière son bureau : Il faut que j'aille pisser.

Moi : Tu viens juste d'y aller.

Le vieux : C'est cette saloperie de prostate.

Moi : Qui est-ce ?

Le vieux : C'est une glande qui est propre aux hommes et que les femmes n'ont pas.

Moi : Tu devrais peut-être voir un docteur.

Le vieux : Les meilleurs docteurs sont tous juifs. Ils ont presque tous été arrêtés pour opinions antisoviétiques.

Moi : Comment peux-on savoir ce que pensent les gens ?

Le vieux : C'est le boulot des tchékistes de savoir ce que les gens pensent. Un jour, ils pensent des pensées antisoviétiques, le lendemain, ils complotent pour empoisonner Staline.

Moi : Dis-moi, tu es assez paranoïaque pour être un bon joueur d'échecs. Il reste forcément un médecin à Moscou capable de réparer cette prostate.

Le vieux : Écoute, même s'il en reste un qui n'ait pas été arrêté, la géhenne gèlera avant que je permette à un docteur juif d'enfoncer son doigt dans mon cul pour examiner ma prostate.

La deuxième fois que j'étais allé le voir, je me souviens que le vieux avait agité la tête, l'air contrarié.

KOBA : Lorsque j'invite les chatons du Politburo à dîner, on n'a plus rien à se dire quand arrive le dessert et je finis par leur passer un des films américains que nos soldats ont récupérés dans le bunker de Hitler, à Berlin. Et justement, Hitler avait un penchant pour les films américains. Ha ! Peut-être que le *Führer und Reichskanzler*, Goebbels, Göring et Speer ne trouvaient plus rien à dire, eux non plus, quand ils arrivaient au dessert ! Sache-le, un film américain, même quand on l'a vu quatre ou cinq fois, c'est mieux que de rester seul avec tes pensées quand les convives ne trouvent plus rien à se dire à la fin d'un dîner tardif. Avec toi, je n'ai pas l'impression d'être à court de conversation. C'est ce que j'aime dans tes visites, petit – c'est que je n'ai pas besoin de regarder un film jusqu'aux petites heures du matin pour combler le silence par du bruit.

MOI : Moi, ce que j'aime quand je parle avec toi, m'entends-je encore lui dire, c'est que je découvre des choses que je ne savais pas que je savais.

Je me rappelle qu'il avait fait nonchalamment pivoter son fauteuil afin de se regarder dans le miroir ovale accroché au mur derrière son bureau. Il était resté assis là, à considérer son reflet avec ses yeux de chat et ses narines dilatées, avec ce que je pris pour une expression de désespoir. Disons, à sa décharge, ce n'est pas agréable de paraître aussi âgé qu'on l'est en réalité. (Je n'aime pas trop avoir l'air aussi jeune que je le suis en réalité.) Je l'entendis s'éclaircir la voix, ce qui signifiait que les mots s'étaient sans doute frayé un passage depuis son cerveau jusqu'à ses lèvres.

KOBA : Dans ma tête (j'entends encore résonner ces mots) je suis resté le bandit de mes vingt-cinq ans, celui qui a toujours une longueur d'avance sur ces connards de gendarmes tsaristes, ne dormant jamais dans le même lit deux soirs de suite, ne baisant jamais la même fille deux nuits d'affilée, dévalisant les banques et expédiant des valises bourrées de roubles à Vladimir Illich pour financer sa révolution mal organisée et foutraque. Ce que j'apporte à la table de Lénine, ce n'est pas le cœur ensanglanté du révolutionnaire, mais la haine purulente du paysan envers cet enfoiré de tsar et l'armée de kleptocrates qui baise son cul royal. Les gens que je croise dans les rues de terre de Gori se retrouvent dans cette haine, c'est pourquoi ils me saluent bien bas et m'appellent *batono,* ce qui veut dire monsieur en géorgien. J'ai deux pistolets à manche de nacre glissés dans ma ceinture et une érection cinq fois par jour, un petit plongeon dans la Liakhava boueuse avec une ou deux de mes chéries, on se sèche au soleil et quand je leur demande ce qu'elles portent sous leur robe, elles me répondent « du parfum ». J'ai une crinière indisciplinée et une moustache flamboyante qui chatouille la chatte de la fille avec qui je passe la nuit. Quelle époque fantastique ! Je n'hésite pas à dire que c'était exaltant d'être un révolutionnaire – c'était une façon de faire bon usage de ma rage envers mon père de sang et mon père impérial Nicolas II, c'était une façon d'échapper à l'atroce monotonie de la vie quotidienne dans le Caucase. En y repensant… en y repensant, je crois que ç'a été la seule période de mon existence où j'ai été vraiment heureux d'être vivant. Je savais qui étaient mes ennemis. Je savais pourquoi ils voulaient ma mort. Et je tirais une certaine satisfaction – un certain plaisir, même – à les tuer avant qu'ils puissent me tuer. Tout ça a changé avec la révolution, quand nous autres les bolchéviques sommes devenus les résidents permanents du Kremlin. Les gens ont continué à me saluer très bas en m'appelant *khozyain*, ce qui veut dire maître en russe ancien, mais je doute que c'était une marque de respect. Comme nous l'a enseigné Staline, la survie dépend de la capacité à identifier ses ennemis potentiels et à leur couper les pattes avant qu'ils ne deviennent des ennemis actifs. Je tue toujours mes ennemis avant qu'ils aient une occasion de me tuer mais, bien que je déteste l'avouer, mon plaisir s'est terriblement amoindri. Si je suis encore en vie, c'est que j'applique la règle d'or de Staline à la lettre : « Ne fais confiance à personne. Tiens ta femme à l'œil, surveille tes ennemis de près, surveille tes amis d'encore plus près. » J'ai surveillé Trotski, cet intellectuel juif puant, amoureux de sa propre voix, de près. J'ai surveillé Zinoviev, Kamenev et Boukharine de plus près encore. C'est ainsi que j'ai découvert que ces salopards complotaient pour avoir la peau de Staline – tous les trois, pris la main dans le sac, furent condamnés à la peine maximale. Ha ! Juste avant qu'on lui mette une balle dans la nuque, Boukharine a demandé du papier et un crayon pour griffonner un mot à Staline : « À quoi te sert ma mort ? » Je parierais mon dernier rouble qu'on ne mentionne pas ce petit détail dans ton école. Comme s'il ne savait pas à quoi sa mort servait à Staline, cet enculé. À l'occasion de son procès public, dans la Maison des syndicats, auquel Staline avait assisté depuis une fenêtre dissimulée au fond de la salle, il plaida coupable d'avoir comploté d'assassiner les dirigeants soviétiques et de restaurer le capitalisme en Russie. Les paysans disent qu'il ne peut y avoir de mal sans un soupçon de bien. Dans le cas de Boukharine, j'ai cherché minutieusement ce soupçon de bien. Je n'ai rien trouvé. J'ai gardé pendant des années, dans mon sous-main, son *memento mori* écrit au crayon et je le relisais avant d'aller me coucher dans l'espoir de mieux dormir, connaissant le sort des ennemis de Staline.

Le vieux battit des cils, comme s'il essayait de balayer un souvenir désagréable.

KOBA : Où en étais-je ? Ah, je te parlais de ces deux revolvers à manche de nacre, glissés dans ma ceinture. Tu as des érections de temps en temps, petit ? Tu sais quelle partie des filles on appelle la chatte ?

Pour les érections, j'étais au courant grâce à mon père, même si je n'en avais pas vraiment eu personnellement. Pour le moment. L'anatomie des filles, c'était une autre histoire, mais je n'avais pas l'intention de la raconter à Koba.

MOI : Eh (dis-je de ce ton pleurnichard que j'avais mis au point quand ma mère me demandait si j'avais fait mes devoirs). Je ne suis quand même pas né d'hier.

KOBA : Je pourrais t'apprendre un tas de choses sur les filles, petit.

MOI : Quoi, par exemple ?

KOBA : Par exemple, de ne pas perdre ton temps avec celles qui s'assoient avec les deux pieds à plat par terre. Tu dois faire connaissance avec des filles qui croisent les jambes. Quand une fille croise les jambes, même si elle n'en a pas conscience, elle se masturbe. Tu sais ce que c'est, se masturber ?

Le fait est que je ne m'étais jamais masturbé. Pas encore. Et maintenant que j'y pense, je me souviens qu'Isabeau s'asseyait presque toujours les jambes croisées. Mais je n'étais pas prêt à confier des détails intimes et personnels à un vieux à l'haleine si fétide qu'il valait mieux se tenir contre le vent, par rapport à lui. Je tentai de changer de sujet.

MOI : Tiens, mon père me disait parfois : « Tu m'en dis plus que je n'ai besoin d'en savoir. » En parlant avec toi, je comprends ce qu'il voulait dire par là.

Je ne suis pas certain qu'il m'avait entendu.

KOBA : La réalité redresse sa vilaine tête quand je me regarde dans la glace, continua à marmonner le vieux, en examinant dans le miroir son reflet à qui il s'adressait plutôt qu'à moi. Je regarde attentivement ce vieux qui me regarde à son tour mais la triste vérité c'est que je ne le reconnais pas. C'est un inconnu total. Il vient d'un pays étranger. Il vient d'une autre planète. Il n'est pas celui que j'étais et que je suis toujours dans ma tête. Comment est-il possible que j'aie soixante-quatorze ans, bon sang ? Pourquoi est-ce que le temps ne ralentit pas quand je le lui ordonne ? Son regard se fixa sur mon reflet. Que vois-tu quand tu te regardes dans une glace, petit ?

MOI : Je me vois à vingt-cinq ans. Je me vois avec une moustache flamboyante qui chatouille la lèvre supérieure des filles quand je les embrasse. Je me vois en train de laisser ma main effleurer leurs seins si elles sont assez grandes pour en avoir. Il me tarde d'avoir vingt-cinq ans. Les adultes ne se rendent pas compte qu'avoir douze ans ce n'est pas une partie de plaisir. Les gens vous tapotent la tête et vous souhaitent une enfance heureuse, comme si une enfance heureuse vaccinait contre le malheur à l'âge adulte.

Le vieux leva la main, comme nous les enfants, nous le faisions en classe pour demander la parole.

KOBA : C'est une enfance *malheureuse* qui vaccine contre le malheur à l'âge adulte. Et je parle d'expérience, crois-moi.

MOI : Pour moi, en tout cas, il est trop tard pour avoir une enfance heureuse. J'ai dépensé tout mon quota de bonheur quand mon père est mort en voulant retenir l'uranium. Je vais passer ce qui me reste d'enfance à me demander si je pourrais survivre à l'enfance. Je me déteste d'être trop jeune et de laisser tant de gens me donner des ordres. Il faut que j'aie vingt-cinq ans le plus vite possible. Si seulement je savais comment accélérer le temps…

3

Où le petit s'aperçoit que vouloir être aimé est un terrible handicap

Extrait des carnets de Léon :

LE VIEUX : Tu as déjà fumé ?

MOI : Non.

LE VIEUX, tendant une cigarette allumée : Tu veux essayer ?

MOI : Maman me tuerait si elle le savait.

LE VIEUX : Ce qu'elle ne sait pas ne peut pas la tuer.

MOI, tirant prudemment sur la cigarette du vieux : Je songe sérieusement à arrêter de fumer.

LE VIEUX, exaspéré : Pas comme ça, petit. Inspire. Fais pénétrer cette maudite fumée dans tes poumons.

J'essaie de nouveau et suis pris d'une quinte de toux qui manque de me faire vomir. Le vieux trouve ma détresse d'une extrême drôlerie.

*

C'est Isabeau qui me donna des explications au sujet du complot, à savoir qu'il n'y avait jamais eu de complot, point final, aucun, rien du tout, les médecins arrêtés pratiquaient la médecine et ne conspiraient pas pour assassiner l'honorable Secrétaire général et d'autres membres du gouvernement. Le père d'Isabeau – ce dont je me souviens surtout à propos de lui, c'était que sa moustache frémissait quand il se retenait de rire – était chimiothérapeute à l'hôpital du Kremlin avant d'être exécuté comme espion britannique. Sa mère reçut une lettre officielle lui annonçant l'exécution. On la priait de venir récupérer ses affaires personnelles et de payer la balle qu'on lui avait tirée dans la nuque. Voilà comment Isabeau entendit parler du complot des médecins. Une semaine environ après que sa mère eut payé la balle, Isabeau, l'oreille collée à la porte secrète ouvrant sur l'appartement, entendit qu'on arrêtait sa mère. Elle l'entendit implorer les agents qui étaient venus pour l'emmener, c'était juste avant le lever du soleil, tandis qu'ils mettaient tout sens dessus dessous – ou plutôt sens dessous dessus ? – à la recherche de ce qu'ils pouvaient bien chercher. Et qu'ils ne trouvèrent pas, d'après Isabeau. Aucune lettre provenant de l'étranger, aucun livre en langue britannique, pas de radio à ondes courtes pour écouter la BBC, pas de photos de son père exécuté paradant avec des diplomates britanniques, pas de pistolets chargés avec des balles empoisonnées, pas de scalpels enduits de strychnine, pas de seringues contenant le virus de la peste bubonique. Isabeau, cela va sans dire mais je le dirai tout de même, était morte de peur, elle se rua dans le passage secret reliant nos appartements jusqu'à ma pièce secrète et, accroupie dans un coin et tremblant comme si c'était l'hiver à l'intérieur autant qu'à l'extérieur, elle se mit à pleurer. En silence. Des torrents de larmes jaillirent de ses yeux, ruisselèrent le long de ses joues, trempant le col amidonné de sa robe amidonnée, mais aucun son ne s'échappait de ses lèvres. Pas un seul. Ce sont ces larmes silencieuses qui m'épouvantèrent. Il lui fallut un certain temps avant de pouvoir parler sans hoqueter et me raconter ce qui s'était passé. Sa mère qui, comme la mienne, travaillait à l'hôpital du Kremlin, où elle était la diététicienne chargée des repas des malades, avait été arrêtée la même nuit que la mienne, mais quelques heures après. Peut-être étaient-ce les mêmes types qui, après avoir bouclé ma mère, étaient revenus avant le lever du soleil pour arrêter celle d'Isabeau. Maintenant que j'y pense, c'étaient sûrement les mêmes, puisqu'après leur départ Isabeau avait trouvé elle aussi un étron dans la cuvette des toilettes. Rappelez-vous que les ouvriers d'usine sont payés aux pièces – ils doivent fabriquer un certain nombre de… disons de chaussures gauches en vingt-quatre heures –, par conséquent, qui peut dire si ces imperméables du NKVD n'ont pas un quota à remplir, eux aussi : tant d'appartements fouillés, tant de documents incriminants confisqués, tant d'étrons déposés dans les toilettes des suspects, tant de médecins connus pour conspirer d'assassiner le Secrétaire général arrêtés par telle ou telle équipe de nuit.

Concernant Isabeau, voici ce que vous devez savoir :

1. Elle avait de fréquentes prises de bec avec son père, avant qu'il soit exécuté, évidemment. Il ne comprenait pas les femmes, même celles qui étaient trop jeunes pour avoir de la poitrine. À ses yeux, les enfants étaient des meubles. On devait les voir mais pas les entendre, il estimait que sa femme devait être comme les tableaux d'avant-garde accrochés aux murs. La voix d'Isabeau grimpait dans les aigus quand elle essayait de le convertir à un truc qu'elle appelait la fémini-tude et qui, disait-elle, était une cause qui allait demander un travail de longue haleine.

2. Elle est plus débrouillarde que moi, mais j'en sais davantage qu'elle, à commencer par le calcul différentiel, ou bien la théorie générale de la relativité d'Einstein, ou encore la théorie quantique des champs de mon père, concernant la force nucléaire faible.

3. On l'avait prénommée Isabeau d'après sa grand-mère française, une aristocrate intrépide qui, rompant avec sa famille, s'était précipitée pour se joindre à la glorieuse révolution bolchévique et qui était morte de faim en 1942, pendant les neuf cents jours du siège de Leningrad, parce qu'elle n'avait pas pu se résoudre à manger les rats que sa fille avait achetés au marché noir. Les médailles de grand-maman Isabeau, de la révolution et de la Grande Guerre patriotique, sont exposées dans une vitrine, sur un coussin de velours, dans la chambre de sa petite-fille Isabeau, ce qui n'a pas empêché son gendre d'être exécuté, ni sa fille, l'amatrice de rats, d'être arrêtée, pensez-vous !

4. Elle est incapable de feindre la politesse et caresse toujours les gens dans le mauvais sens du poil, ce qui explique pourquoi elle n'a pas tellement d'amis en dehors de ceux qu'elle a déjà, à commencer par moi, à commencer par les jumeaux, Vladimir et Pavel, et leur demi-sœur Zinaïda, qui bégaie quand elle est fatiguée. C'est moi qu'Isabeau préfère, elle me trouve mignon, elle me passe tout le temps la main dans les cheveux pour vérifier que je les ai lavés et pour exterminer la vermine (pas très drôle comme plaisanterie) si je ne l'ai pas fait. De temps à autres, elle souffle sur le verre épais de mes lunettes et les nettoie pour moi avec le bas de sa robe et il m'arrive alors de pouvoir jeter un coup d'œil sur sa culotte. Elle tolère les autres enfants des appartements mis sous scellées qui s'accrochent à nous car, comme elle le disait le

jour où elle m'avait mis au courant des choses de la vie, avoir de la compagnie rend les épreuves moins éprouvantes, ou des formules du même acabit. Je ne suis pas sûr qu'elle ait tort. Je ne suis pas certain qu'elle ait raison.

5. Une fois son père mort et enterré dans une fosse commune située Dieu sait où et sa mère incarcérée quelque part, Isabeau s'appropria les produits de maquillage de cette dernière et commença à se passer du khôl sur les paupières, du vernis noir sur les ongles des pieds et des mains et du rouge à lèvres violet qui lui donnait l'air d'être une fillette de onze ans frisant les vingt-cinq. (C'est peut-être sa façon à elle d'accélérer le temps.) Elle écoute aussi des chansons américaines sur un petit appareil rapporté d'Allemagne de l'Est par son père, ce qui est illégal je crois, je parle des chansons, pas de l'appareil. Je ne sais pas trop qui est Big Mama Thornton, mais si Hound Dog est un échantillon de musique capitaliste, ce n'est pas aussi horrible que le prétendent nos commissaires à la culture.

*

Je me souviens d'un autre conciliabule avec le vieux, dans l'appartement au-dessus du hangar à avions.

Koba : Ce livre de Pasternak que, pour ma part je n'ai pas lu, note-le bien, a énervé Staline, a énervé tous nos commissaires à la culture, et nos services de sécurité, et c'est pourquoi il faudra passer sur le corps de Staline pour qu'il soit publié en Russie. Mais je vais te dire une chose : quand la femme de Staline est morte – elle ne s'est pas tuée avec le pistolet allemand que son frère lui avait donné, comme l'ont laissé entendre certaines mauvaises langues, d'ailleurs les médecins du Kremlin qui ont rédigé son certificat de décès ont déclaré qu'elle était morte d'une appendicite, la presse a dit que la cause de son décès était une appendicite, ça s'est passé longtemps avant ta naissance – quand elle est morte, Pasternak a été le seul à publier une lettre de condoléances qui venait du cœur et non de ce lobe du cerveau qui cire les pompes des puissants. Il se disait aussi bouleversé que s'il avait été un membre de la famille de Staline. (Le vieux a ri, lâchant son haleine fétide.) Je peux te dire que Staline, qui pleurait sa femme disparue, a été ému par ce que Pasternak avait écrit et il nota dans son dossier judicaire « laissez ce rêveur tranquille ». Malgré tout, il fera très froid dans la fournaise torride qu'on nomme purgatoire avant que Pasternak soit invité à dîner à la table de Staline.

C'est peut-être ce soir-là, ou alors un autre, je me perds un peu dans la chronologie des événements, que le vieux s'était accroupi en face du perroquet pour lui donner de minuscules morceaux de viande séchée. Je lui avais offert un cadeau, une pipe d'écume que mon père avait rapportée de Cambridge, Grande-Bretagne, la fois où il avait participé à un colloque sur le théorème de la chaleur de Nernst, ce que, étant le fils de mon père, je comprends. Je me rappelle qu'il n'arrêtait pas de me remercier, à l'évidence il n'avait pas l'habitude qu'on arrive chez lui avec des cadeaux. Je me trompe peut-être, mais je crois qu'une ou deux larmes avaient voilé son œil tandis qu'il examinait la pipe.

KOBA : Tu me fais penser à moi quand j'avais ton âge. Je m'adressais à tout le monde – les instituteurs de l'école élémentaire de Gori, le directeur, les prêtres du séminaire et même mon père, en employant le *ti* familier. Tantôt ils riaient, tantôt ils me giflaient, en me traitant d'impertinent. Tu sais ce que signifie le mot impertinent, petit ?

Je ne le savais pas mais étant donné le contexte, je le devinais.

MOI : Impertinent, c'est quand quelqu'un de mon âge parle à une personne de ton âge en employant le *ti* familier. Je ne devrais pas ?

Koba a agité sa main déformée dans ma direction.

LE VIEUX : Dans l'ancien temps, tout le monde s'adressait au tsar en employant le *vui* de politesse. Seul Grigori Raspoutine, le *starets* frustré sexuellement du district de Tobolsk, lui parlait d'égal à égal en usant, sans y avoir été invité, du *ti* familier. Voilà comment Raspoutine, dont l'âme est sûrement en train de rôtir dans la fournaise torride, a fini par devenir le confesseur de l'épouse du tsar. Ha ! Quand Raspoutine a été assassiné, les langues se sont déliées – certaines personnes, dont moi, pensaient qu'il avait fini par réchauffer le lit de la tsarine. C'est, je suppose, la raison pour laquelle les individus qui l'ont tué lui auraient coupé la queue. Sacré Raspoutine !

J'ai gardé dans ma mémoire l'image du vieux secoué de rire. Je me souviens que ce rire s'était transformé en quinte de toux. Je me souviens du bruit écœurant montant de son gosier quand il a craché un glaviot dans son grand mouchoir. Je l'ai regardé examiner ses glaires, comme si elles renfermaient des secrets sur la théorie quantique des champs ou sur son état de santé.

KOBA, un peu essoufflé : Quel âge as-tu, petit ?

MOI : Douze ans.

KOBA : Tu ne les fais pas. On t'en donnerait à peine neuf. Dix au maximum. Tu parles comme un garçon de douze ans, mais tu as l'air d'en avoir dix physiquement.

Le téléphone posé sur le bureau a sonné. Le vieux lui a jeté un bref regard, puis il a décroché et raccroché sans avoir prononcé un seul mot.

KOBA : Ce qu'il y a, c'est que je n'aime pas les gens et les gens ne m'aiment pas. Mais ça me convient très bien – vouloir être aimé, avoir besoin d'être aimé est un handicap fatal pour quiconque veut aider à diriger le pays. On finit inévitablement par rendre quelqu'un d'autre responsable quand les choses tournent mal – les paysans disent qu'un ouvrier qui fait du mauvais travail en accuse ses outils – et on s'attribue le mérite des réussites. Si une année entière se passe sans un seul accident d'avion, si les hommes sont plus nombreux à trouver du travail, si la production d'une usine s'accroît, si moins de femmes meurent en couches, si nos explorateurs russes vont jusqu'au pôle Nord, mettez tout ça sur le compte du dirigeant populaire qui en a été l'inspiration. D'ailleurs, pourquoi pas ? C'est une explication qui en vaut bien une autre. (Le regard de Koba s'est fixé sur un horizon qui existait probablement dans sa tête.) Tu es toujours là, petit ? J'ai oublié ce que je voulais dire. J'ai oublié de quoi nous parlions.

MOI : Tu disais que le besoin d'être aimé était un handicap.

KOBA : Le besoin d'être aimé est plus difficile à combattre qu'une addiction à l'opium. Se sentir obligé d'aimer les gens de son entourage l'est encore plus. Vois-tu, je fais tout mon possible pour me comporter comme si j'aimais les chatons de Staline et je les roule tous dans la farine, surtout cet Ukrainien, ce

Khrouchtchev qui, en m'entendant rire de ses blagues salaces, s'imagine que j'aime celui qui les raconte.

Un sourire baveux a dégouliné sur la mâchoire de Koba. Il faut que je dise qu'à cette occasion, et même à d'autres, maintenant que j'y pense, ses yeux avaient eu une expression différente de celle de sa bouche, ils étaient durs et furibonds, comme s'il s'imaginait couché dans un cercueil, alors que sa bouche était gaie et détendue, comme s'il était, pour le temps de ce sourire, content de se sentir en vie. Lequel était le vrai Koba, les yeux ou la bouche ? Bon, vous le savez probablement mieux que moi, vu que je ne suis qu'un enfant.

Notez qu'il y a des choses que le vieux a dites et que j'ai mal entendues parce qu'il se parlait à lui-même plutôt qu'à moi. Il y en a d'autres que j'ai entendues mais pas comprises. Je ne les comprends toujours pas. Par exemple, tenez :

KOBA : Ce journaliste américain, il s'appelait Reed, Johnny Reed, il n'a pas dit : « J'ai vu l'avenir et ça marche. » Ce qu'il a écrit dans son télégramme c'est : « J'ai vu l'avenir et il va falloir travailler pour que ça marche. » Mais nos censeurs ont coupé *il va falloir travailler pour que*. Cette phrase a fait de ce Reed une légende vivante.

4

Où Isabeau continue à battre le petit à son propre jeu

Extrait du carnet de Léon :

MOI : As-tu assisté un jour à une vraie exécution ?

LE VIEUX : En fait, oui. Une fois. À Tiflis en 1905. C'était du temps de ce pervers de Gryasnov, le gouverneur général du Caucase. Ses Cosaques raflaient les révolutionnaires par camions entiers, certains mouraient sous la torture, d'autres allaient pourrir dans la citadelle de Gryasnov. La cellule bolchévique locale – à vingt-six ans, j'étais le plus vieux et le chef de la cellule – vota pour faire cesser son régime de terreur. On a mis des petits papiers dans un chapeau et on a tiré au sort pour voir qui aurait l'honneur de tuer Gryasnov. Le papier marqué d'un X se retrouva dans la main d'un de mes meilleurs amis, un Géorgien qui s'appelait Djordiashvili. Comme il n'était pas très expérimenté dans ce que le Parti appelait le sale boulot, j'avais décidé de l'accompagner. Vêtus d'une combinaison de traminot couverte de taches de graisse, des grenades dissimulées dans des seaux en cuir, nous avons remonté la rue Bariatinsky jusqu'au parc Alexandre, en face du palais du gouverneur. Quand cet imbécile de Gryasnov est sorti pour sa promenade matinale, Djordiashvili et moi avons envoyé quatre grenades dans ses pieds. Les explosions firent trembler le parc et l'emplirent de fumée. À travers la fumée, je vis les Cosaques de Gryasnov galoper dans notre direction, le sabre au clair. Djordiashvili, cette pauvre andouille, s'affola et prit la fuite. Ces salauds de Cosaques l'épinglèrent alors qu'il tentait de sauter par-dessus un mur. Faisant mine d'être horrifié, je me suis mêlé à la foule qui s'était rassemblée autour du cadavre déchiqueté du gouverneur. Mon jeune ami fut condamné à mort avant la fin du jour. La nuit, des charpentiers dressèrent un gibet sur la grande place de Tiflis. Le lendemain matin, sous les yeux d'une foule de spectateurs au visage fermé, les Cosaques traînèrent sur l'escabeau de bois Djordiashvili, dont les chevilles étaient enchaînées si étroitement qu'il ne pouvait pas marcher, lui passèrent une grosse corde autour du cou et le pendirent. En voyant le pendu se dandiner au bout de la corde, un prêtre orthodoxe compatissant se saisit des pieds nus du supplicié et s'y suspendit pour mettre un terme à ses souffrances.

MOI, répétant le proverbe russe que mon père me sortait chaque fois que je me plaignais parce que mon institutrice ne connaissait pas la matière qu'elle enseignait aussi bien que moi : La vie, ça n'est pas une partie de plaisir.

LE VIEUX, s'impatientant : Une fois que nous aurons construit le socialisme dans un pays – dans ce pays-ci ! – la vie *deviendra* une partie de plaisir. C'est tout le sens du sacrifice de Djordiashvili, le sens des sacrifices que Staline est contraint d'exiger aujourd'hui de notre peuple. Est-ce que tu comprends ce que je dis ou est-ce que ça te rentre par une oreille et sort par l'autre ?

MOI : Tu es en train de dire qu'il faut être des utopistes avant d'entrapercevoir l'utopie.

LE VIEUX : Quel âge as-tu dit que tu avais ?

*

« *Un, deux, trois :* Pierre !

– Papier ! *J'ai gagné. Le papier recouvre la pierre.*

– *Un, deux, trois :* Papier !

– Ciseaux ! *Encore moi ! Les ciseaux coupent le papier.*

– *Un, deux, trois :* Ciseaux !

– Pierre ! *Encore une victoire pour la fémini-tude. La pierre casse les ciseaux.*

– *Dis-moi, Isabeau, tu triches ou quoi ?*

– *Comment pourrait-on tricher à pierre-papier-ciseaux, pour l'amour de Dieu ?*

– *Franchement, c'est bizarre que tu gagnes tout le temps, Isabeau.*

– *Je gagne tout le temps parce que je suis plus maligne que toi, lui ai-je répondu.* »

Et c'est vrai. Plus maligne que Léon, assez maligne pour savoir que lorsqu'il hausse un sourcil, il y a de bonnes chances qu'il fasse ce que je viens juste de faire. Assez maligne pour savoir que son histoire de parlottes avec un vieux à l'haleine fétide, au-dessus d'un hangar à avions, c'est un pur fantasme. Deux boules de glace à la vanille nappées de sauce au chocolat, mon œil ! Assez maligne pour comprendre d'où vient ce fantasme et lui expliquer pourquoi – qu'avec la mort de son père et tout le reste, il est à la recherche d'un autre père, même s'il n'est pas en chair et en os mais le produit de son imagination de dix ans.

« Mon imagination a dix ans et demi, comme moi », a-t-il rectifié, quand j'ai commis l'erreur d'attribuer ce fantasme à son imagination de dix ans.

Moi aussi, je suis morte de trouille. Moi aussi, je suis en quête d'un nouveau père. Qu'allons-nous devenir, nous autres, les jumeaux Vladimir et Pavel, leur demi-sœur Zinaïda, Léon et moi ?

« Tu as tout inventé, lui ai-je dit. Je ne crois pas un mot de ce que tu racontes à propos d'une porte secrète, d'une salle de bal grande comme un hangar à avions, de ce vieux avec le perroquet...

– La prochaine fois, viens avec moi... tu le verras de tes propres yeux.

– Pas question que tu me fasses traverser ce tunnel. Je vais rester dans la Maison du quai et dans nos pièces secrètes jusqu'à ce que maman revienne de prison. Ensuite nous émigrerons en Ouzbékistan, loin de la vue de Staline. Loin des yeux, loin de leurs pensées, espérons-le.

– Je te donne ma parole d'honneur que je te dis la vérité, a-t-il insisté.

– Moi, je le crois, a dit Vlad.

– Moi aussi, je le crois, a dit Zinaïda.

– Je vous en remercie », a dit Léon.

Un peu plus tard, alors que nous étions tous vautrés par terre, dans ma chambre secrète, Pavel et Vladimir (qu'on appelait Vlad), leur demi-sœur Zinaïda, Léon et moi, en train de jouer au Monopoly avec le jeu que les jumeaux avaient rapporté de Washington quand leur père, le vice-ambassadeur, avait été rappelé à Moscou puis exécuté comme espion de la CIA. Sur une petite radio à ondes courtes pourvue d'une antenne gigantesque, la Voix de l'Amérique diffusait de la musique de jazz interprétée par un type nommé Dizzy je-ne-sais-plus-comment.

« Franchement, la musique capitaliste ne m'impressionne pas », ai-je dit en lançant les dés, faisant ainsi

passer mon tracteur par la case DÉPART, ce qui me permit d'encaisser deux cents dollars américains. « Notre vie est déjà assez compliquée sans que tu inventes des histoires à propos d'un vieux qui habite un palais assez grand pour qu'on y mette deux bombardiers géants. » J'ai passé la main dans la tignasse de Léon, il adore que je fasse ça quand il est nerveux, c'est-à-dire presque tout le temps, ça le calme. « Des gardes qui jouent aux échecs, des fusils appuyés contre le mur, une gouvernante nommé Valechka. Qu'est-ce que tu vas nous sortir, la prochaine fois ?

– La prochaine fois, a déclaré Léon, j'inventerai que nos mères sont sorties de prison. »

Les mots ont jailli de sa bouche, portés par une voix pleine de larmes, ce qui m'a donné envie de pleurer, moi aussi. J'ai mis mon bras autour de son épaule pour lui faire un petit câlin.

Ça fait du bien. Un petit peu. Enfin, pas tellement.

« Nos mères n'ont commis aucun crime, ai-je murmuré. Quand les autorités s'en apercevront, elles ne sauront plus quoi faire pour qu'on leur pardonne de les avoir arrêtées et on les ramènera à la maison dans une voiture noire rutilante. Et nos familles – maintenant c'était ma voix qui était pleine de larmes – nos familles, moins nos pères, retrouveront leur vie d'avant. »

Pavel, qui essayait toujours de sortir de la prison du Monopoly, cherchait à m'impressionner en fumant une de ces Kazbek Papirosi à bout creux, mais l'ennui c'était qu'il est devenu vert. La cigarette vissée à sa lèvre tremblotante, il a lancé les dés en espérant faire un double.

« Ce vieux que tu connais, il a des enfants ? » a-t-il demandé. La question a fait plaisir à Léon, car c'était

la preuve que, contrairement à moi, Pavel croyait à son histoire.

« À sa connaissance, deux fils, dont un qui est mort dans un camp de prisonniers allemand pendant la guerre. Et aussi une fille mariée, m'a-t-il dit, avec quelqu'un qui ne lui plaît pas du tout.

– Comment Léon pourrait-il savoir tout ça s'il ne disait pas la vérité ? » me demanda Vlad.

Tout en parlant à Vlad, Léon m'a regardée droit dans les yeux :

« Si je sais tout ça, c'est parce que le vieux me l'a dit. »

Il ne démordait pas de son histoire.

« Est-ce que tu as des enfants ? » se rappelait-il avoir demandé au vieux, la troisième fois qu'il disait avoir monté l'escalier en colimaçon accédant à l'appartement au-dessus de la salle de bal.

« Pourquoi me demandes-tu ça ? avait répliqué le vieux, à en croire Léon.

– On en apprend très long sur un adulte d'après la manière dont il traite ses enfants, avait répondu Léon. Le père de mon amie Isabeau la traite comme si elle était un meuble. Mon père m'a appris la physique quantique et les échecs. »

« Mon père me traitait comme un meuble précieux, ai-je rectifié. Et alors, qu'est-ce que ton vieux imaginaire a répondu à ça ?

– Il m'a dit qu'il avait essayé un jour d'apprendre à jouer aux échecs. Il m'a dit que c'était quand il avait été déporté en Sibérie à cause de ses activités révolutionnaires.

– Et tu l'as cru ? Tu as gobé son histoire de déportation en Sibérie ? »

Pas de doute, mon ami Léon sera romancier quand il sera grand. Il rajoute quelque chose à son histoire chaque fois qu'il la raconte.

« J'ai bien vu que le vieux tirait un grand plaisir de ce conciliabule avec moi, a déclaré Léon le plus sérieusement du monde. Il aime s'écouter parler. Il aime se rappeler des choses qui lui sont arrivées quand il était jeune, c'est presque comme s'il revivait ce qu'il avait vécu. Il m'a dit que la police tsariste l'avait déporté en Sibérie pas une fois. Pas deux fois. Six fois ! Il a dit qu'il avait passé en tout dix ans dans des prisons sibériennes, si on peut appeler prison une cabane de paysan. Cinq fois sur ces six il s'est évadé, certaines fois alors qu'il n'était là que depuis un mois ou deux. À ce qu'il dit, dès qu'un prisonnier politique arrivait en Sibérie, le gardien lui demandait s'il projetait de s'évader tout de suite ou au moment du dégel de printemps. Ça ne s'invente pas, ce genre de détails. Il m'a dit que la police tsariste ne réussissant jamais à le pincer pour avoir dévalisé une banque ou éliminé des ennemis, on le condamnait pour distribution de tracts, organisation de défilés du 1er mai ou gestion d'une presse clandestine. Il affirme que les gardes cosaques, qui harcelaient les autres prisonniers politiques, maintenaient leurs distances avec lui – ils se disaient qu'étant en partie ossète, il était capable d'appuyer deux doigts sur leur cou, à la caucasienne, et de bloquer ainsi l'entrée de l'oxygène dans la trachée. La dernière fois qu'il a été déporté, il a été libéré subitement. C'était en 1917, quand les femmes étaient descendues en masse dans les rues de Petrograd pour réclamer du pain. Ce sont les femmes qui ont fait la révolution, m'a-t-il expliqué. Ce sont les femmes qui ont forcé

le tsar à abdiquer. Les paysans ont un dicton selon lequel les petites étincelles déclenchent de grands incendies. Dis-moi, tu sais ce que veut dire le mot abdiquer, Isabeau ?

– Je ne suis pas idiote, idiot. Et je connais cette histoire. C'est quand le tsar a arrêté d'être tsar. D'abord il a perdu son boulot. Ensuite il a perdu sa tête. »

*

« Je vivais dans un village nommé Touroukhansk, au-delà du cercle polaire, quand la nouvelle nous parvint de ce qui s'était passé à Petrograd. » Cramponné à sa fable, Léon lisait ce qu'il avait noté dans son carnet ligné. « Un matin, à mon réveil, je me suis aperçu que les gardiens s'étaient évaporés. Le poste de police locale, si on peut appeler poste de police une cabane d'une seule pièce avec des murs en terre et un toit de chaume, était désert. On avait brûlé les dossiers des prisonniers dans le poêle ventru. J'ai fait mon paquetage et j'ai marché pendant deux cents kilomètres dans la taïga gelée pour rejoindre la ville la plus proche, où j'ai pris le premier train en direction de l'ouest, et je me suis retrouvé à travailler avec le camarade Staline qui – jusqu'à ce que Lénine revienne de son exil en Europe – était le leader des bolchéviques.

– À quoi ressemblait Petrograd, à ton arrivée ?

– En un mot, Petrograd était une maison de fous. À croire que le Gouvernement provisoire avait libéré tous les cinglés des asiles. Soldats, marins et ouvriers parcouraient les rues en brandissant des banderoles et en hurlant des slogans qui contredisaient les banderoles et les slogans des menchéviques et des révolu-

tionnaires sociaux qui couraient dans les mêmes rues mais dans l'autre sens. Le Gouvernement provisoire donnait des ordres auxquels personne n'obéissait. Le grand duc Nicolas Nikolaïevitch avait été nommé à nouveau commandant en chef de l'armée russe et de ses onze millions d'hommes, pour être destitué quelques heures plus tard. Les exilés regagnaient la ville en masse, les loyers doublaient du jour au lendemain, l'inflation explosait, la nourriture devenait rare. Il n'y avait plus de ramassage d'ordures parce qu'il n'y avait plus d'ordures – tout était consommé. Au coin des rues on voyait des soldats blessés avec des boîtes d'allumettes – une denrée rare – qui leur restaient de l'armée et, pour un ou deux kopeks, ils vous allumaient votre cigarette. Alexandre Kerenski, ce petit merdeux, ministre de la Guerre du Gouvernement provisoire avant d'en devenir le Premier ministre, s'installa dans la chambre à coucher du tsar, au Palais d'hiver, Staline et moi tenions boutique dans un petit local de la rue Basseinaya, devenu le siège de la Pravda, *et nous avions entrepris la tâche ingrate d'organiser les cadres bolchéviques en vue de cette révolution dont Lénine affirmait qu'elle était inévitable. Tu te dis – ha ! je vois de la fumée sortir de tes oreilles – si la révolution était aussi inévitable que ça, pourquoi fallait-il organiser les cadres bolchéviques ? Voilà pourquoi : c'est la mise en place des cadres bolchéviques par Staline qui a rendu inévitable la révolution de Lénine. Vois-tu, le pouvoir absolu que le tsar avait abandonné était en train de pourrir dans les caniveaux de Petrograd. La question cruciale était de savoir qui aurait le courage de le ramasser. »*

Léon, qui était le professeur d'échecs résidant de la Maison, nous a lu ensuite un passage d'un autre conciliabule qu'il disait avoir eu avec le vieux.

« As-tu appris à jouer aux échecs pendant ces années en Sibérie ? » prétendait-il avoir demandé à ce Koba.

À en croire Léon, mais personnellement je ne suis pas certaine de le croire, le vieux avait ri ou alors s'était éclairci la voix, il était quelquefois difficile de faire la distinction apparemment, et il avait répondu :

« Je n'ai jamais très bien compris comment les pièces se déplacent. Il y en a qui peuvent sauter par-dessus les pions, et pour d'autres, il faut écarter le pion afin de leur laisser un passage. Tu pourrais peut-être me montrer ça un de ces jours.

– Déplacer les pièces, c'est le plus facile, aurait répondu Léon. Mon père prétendait qu'il fallait être paranoïaque pour être un bon joueur d'échecs. Tu dois être persuadé que ton adversaire cherche à assassiner ta reine et à émasculer ton roi. (Dis, Koba, te connaissant je parie que tu sais ce que veut dire émasculer.) Pour un bon joueur d'échecs, le mot adversaire est trop poli. L'autre n'est pas ton adversaire, c'est ton ennemi juré. Une menace cachée est tapie derrière chaque déplacement qu'il fait – à première vue, un pion-en-roi-cinq peut sembler innocent mais cinq ou dix mouvements plus tard, il te mordra.

– Ce que tu dis m'intéresse, petit. Tu pourrais démontrer que c'est justement ce coup dont tu parles que j'ai joué en expliquant à Staline comment s'y prendre avec le président américain Roosevelt et Churchill, le Premier ministre britannique, en 1943, à Téhéran. Je lui ai dit de partir du principe que chaque mot qu'ils prononceraient, chaque document

qu'ils lui demanderaient de signer, chaque proposition, innocente en apparence, qu'ils mettraient sur la table, renfermaient une menace cachée, une mine antipersonnel qui exploserait sous ses pas s'il ne se tenait pas sur ses gardes. »

Léon jure avoir entendu le vieux rire doucement. Léon a voulu me faire croire qu'il avait demandé au vieux pourquoi il riait doucement.

« Les banquets officiels étaient une vraie torture, a dit Léon, en se souvenant du vieux en train de se souvenir. Il y avait un domestique en faction derrière chaque convive. Il y avait deux Tchétchènes barbus habillés en pingouin qui étaient là uniquement pour servir à boire. Il y avait un serveur noir qui remplaçait les cendriers à peine y avait-on écrasé une cigarette. Il y avait tout un attirail de fourchettes, de couteaux et de cuillères, il y avait des verres à vin, des verres à vodka, des coupes à champagne, des verres à eau et des verres à cognac. Ce jour-là, j'avais sauté le déjeuner – j'avais pris du poids et décidé de me mettre au régime – aussi je mourais de faim mais je ne pouvais pas commencer à manger avant que Roosevelt ou Churchill ne commencent, de peur de me ridiculiser en me servant des mauvais couverts. Dans le Caucase, les hommes ouvrent leur couteau de poche et le posent à côté de leur assiette, quand ils en ont une, et ils mangent avec les doigts. Tu veux rire un bon coup, petit ? Imagine l'expression du président Roosevelt, ce patricien, si j'avais coupé ma viande avec mon couteau de poche et m'étais mis à manger avec mes doigts !

– Dis-moi, est-ce que l'honorable camarade Staline a suivi ton conseil à propos de la mine antipersonnel capitaliste ?

– Qu'il l'ait suivi ou non est un secret d'État. Puisque tu n'es qu'un enfant, tu n'es pas habilité à connaître des secrets d'État. Je pourrais te le révéler mais ensuite je serais obligé de te tuer.

– Tu plaisantes, n'est-ce pas ?

– Si tu le penses. »

En réalité, Léon ne savait pas trop si le vieux plaisantait, et – à l'en croire – il s'était dit qu'il n'avait pas besoin de le savoir.

« En ce moment, la Sibérie m'intéresse tout particulièrement », c'est ce que Léon jure avoir confié à son vieux imaginaire, dans l'espoir de changer de sujet. « Je ne connais personne qui y soit allé. Alors, dis-moi, comment c'était ? »

Il a pris son carnet à lignes et nous a lu ce que, à l'en croire, le vieux lui avait répondu :

« En un mot, il faisait tellement froid que si jamais on s'endormait à l'extérieur, on ne pouvait plus rouvrir les paupières, parce qu'elles étaient gelées. Je passais presque tout mon temps à couper du bois pour alimenter le poêle de la baraque de paysan que je partageais avec deux autres prisonniers politiques. Heureusement pour nous, ce paysan était un pêcheur. Il pêchait dans la rivière si elle n'était pas gelée et dans la mer quand elle l'était. Grâce à lui, on a survécu, même s'il faut vraiment aimer le poisson pour en manger au petit déjeuner et au dîner sept jours par semaine. Quand un détenu mourait, on se disputait ses livres. Généralement c'était moi qui gagnais. Une fois que je les avais lus, je me servais des pages pour allumer le feu dans le poêle. Tous les six mois, un bateau qui remontait le fleuve nous apportait de la vodka, mais il faisait si froid que même la vodka gelait – pour la boire, on en était réduit à

sucer les glaçons. Quand on pissait dehors, l'urine se figeait avant de toucher le sol. La nuit, j'allumais ma petite chandelle et je lisais les œuvres de Lénine aux pêcheurs. J'essayais de les convaincre de se joindre à la croisade bolchévique, mais il s'avérait impossible d'expliquer ce que signifiait la dictature du prolétariat à des paysans analphabètes qui vénéraient le dieu des eaux Teb-Tengri.

– Tu exagères sûrement », aurait dit Léon au vieux, mais je m'accrochais à ces histoires de Sibérie, même si elles n'étaient que le fruit de l'imagination de mon ami. Le seul mot de Sibérie me faisait monter les larmes aux yeux.

« Nos mères sont probablement en Sibérie, ai-je dit, pour expliquer mon émotion. Ma mère a été arrêtée avec les vêtements qu'elle avait sur le dos. Elle doit mourir de froid en Sibérie. »

C'était également le cas pour la mère de Léon. Il se rappelait avoir assisté à son arrestation par la fissure dans le plâtre. Il se rappelait l'avoir vue enfiler son manteau d'hiver le plus chaud, mais elle n'avait pas ses bottes fourrées ni ses grosses chaussettes en laine, elle portait les chaussures blanches à talons plats qu'elle mettait les nuits où elle était de garde à l'hôpital du Kremlin.

Soudain j'ai eu honte d'avoir taquiné Léon à cause de la Sibérie.

Au bout d'un moment on en a eu assez de jouer au Monopoly et on a décidé de partir en exploration dans les immenses tunnels voutés de la Maison du quai. Pavel s'est muni d'une paire de ces cisailles géantes capables de couper des chaînes et des cadenas, au cas où on tomberait sur des chaînes et des cadenas.

« D'où tu sors ça ? ai-je demandé.

– Mon oncle Fyodor s'en servait pour voler des vélos attachés aux grilles derrière les gymnases. Quand il a été arrêté pour avoir vendu de faux coupons de rationnement, on est tous allés prendre quelque chose dans la chambre de son appartement communautaire. Ma mère a pris son fauteuil de bureau, ma tante Elizaveta a pris ses cartes de rationnement non contrefaites et un album de photos. Moi j'ai pris ça. Qui peut savoir si on aura pas besoin un jour de forcer un cadenas, hein ? »

Toute la bande a dégringolé l'escalier jusqu'au deuxième sous-sol et s'est ruée dans l'étroit couloir mal éclairé menant au terrain de basket. La porte était fermée par un cadenas tellement gros que, même en s'y mettant à deux pour appuyer sur chacun des bras de la cisaille géante, on n'a pas réussi à le couper.

« Essayons la piscine », a chuchoté Zinaïda et, avec des rires étouffés, on est tous repartis en vitesse dans un autre couloir, donnant sur une autre porte à deux battants. On sentait l'odeur du chlore filtrer sous les portes closes. Le cadenas était plus mince et, cette fois, en s'y mettant à deux, on a réussi à le sectionner. Le cadenas cassé tomba sur le sol. Les jumeaux applaudirent et nous entrâmes. La piscine, qualifiée d'olympique, comme on dit, était faiblement éclairée par les lumières rouges indiquant les issues et, à l'autre extrémité, par le signe rouge des vestiaires, mais nos yeux se sont vite accoutumés à la pénombre. Les jumeaux se sont mis à poil et ont plongé. « C'est chaud comme dans une baignoire », a lancé Vlad, dont la voix a couru sur la surface de l'eau. Zinaïda, qui était la plus âgée de nous tous, n'a gardé que ses sous-vêtements – elle portait un soutien-gorge de sa mère, rembourré avec du coton

parce que, à presque quinze ans, elle était mortifiée de ne pas avoir de plus gros nichons. Je suis allée vers un banc un peu à l'écart et, dissimulée par l'obscurité, je me suis déshabillée entièrement. Il s'agissait, pour employer une des expressions de Léon, d'un événement marquant de ma vie. Je ne m'étais encore jamais mise complètement nue devant des gosses de mon âge. Et de n'importe quel âge, d'ailleurs. Ce qui expliquait sans doute pourquoi je retenais mon souffle. Ce qui expliquait probablement le pincement au creux de mon estomac. Quand je me suis retournée pour monter sur le plongeoir, j'ai aperçu Léon qui me regardait bouche bée, depuis l'autre côté de la piscine. Puisque je pouvais voir les minuscules mamelons de mes seins minuscules (dites, je n'ai que onze ans et quelques) sans doute les voyait-il aussi. J'ai constaté que Léon, comme moi, n'avait pas de poils dans le bas, vous savez bien, dans la région du pubis. Alors, tout à coup, j'ai compris ce qui le déroutait, ce vide, cette absence sur le pubis d'une fille. À quoi s'attendait-il ? À sa décharge, probablement n'en savait-il pas assez pour savoir à quoi s'attendre. Ce qu'il lui aurait fallu, c'était un père pour lui donner des explications concernant l'énergie nucléaire faible ET l'anatomie féminine. Ce qu'il n'avait pas, c'était un père pour lui expliquer quoi que ce fût. Un autre vide, une autre absence. S'il existait vraiment un vieux logeant au-dessus d'un gigantesque hangar à avions à l'autre bout du tunnel côté Moscou, ce dont je doutais beaucoup, vu les rapports très lâches de Léon avec la réalité, peut-être pourrait-il obtenir de lui des précisions quant à cet aspect de la vie.

Maintenant que j'y pense, c'est la première fois que l'idée m'était venue que la fable de Léon n'en était peut-être pas une.

« Alors, avoue, lui ai-je crié, depuis l'autre côté de la piscine, en me forçant à rire pour masquer mon embarras. T'avais encore jamais vu une fille sans rien sur elle, c'est ça ? »

Je prenais du plaisir à son embarras à lui. Je l'imaginais rouge comme une soupière de bortsch, tandis qu'il descendait prudemment l'échelle à reculons pour entrer dans l'eau. J'ai avancé tout au bout de la planche et exécuté un plongeon carpé à travers les ténèbres. Sous l'eau, le silence m'a enveloppée. L'eau était exactement aussi chaude que dans une baignoire. Quand j'ai refait surface pour respirer, la vapeur qui montait de la piscine m'a donné l'impression que nous nagions tous dans un épais brouillard, et c'était tant mieux. Zinaïda était la seule qui savait vraiment nager – sa mère avait fait partie de l'équipe féminine de natation, ce qui explique sans doute cela. La pomme ne tombe jamais loin... Nous autres nous sommes contentés de barboter jusqu'à en avoir la peau toute ridée.

*

« Tu as donc vraiment posé cette question à ton vieux ? »

Léon qui n'avait jamais pu me cacher quoi que ce fût, a hoché la tête de mauvaise grâce.

« Bon, admettons, pour simplifier, qu'il existe. Qu'est-ce qu'il a dit ?

– Il a dit qu'il était tout ouïe.

– Qu'est-ce que ça peut bien vouloir dire ?

– Ça veut dire, figure-toi, que le sujet en question l'intéressait. Il tirait sur une de ces infectes Herzegovina Flor que mon père adorait et que ma mère détestait. "Qu'est-ce que tu as vu au juste quand tu es allé nager dans la piscine ?" voilà ce qu'il m'a demandé. Je l'ai vu se pencher sur son bureau, sa cigarette tremblotant sur sa lèvre inférieure, buvant chacune de mes paroles. J'ai vu des gouttes de sueur perler à son front. Les taches de son crâne luisaient – mais peut-être que j'ai imaginé ce petit détail, tu sais. Comme la cendre de sa cigarette s'allongeait, je la lui ai montrée d'un mouvement du menton et il l'a fait tomber dans le reste d'obus qui lui servait de cendrier. "Réponds-moi", a-t-il insisté. Alors j'ai répondu. Je lui ai raconté que tu t'étais déshabillée entièrement. Je lui ai décrit, sans vouloir te vexer, ta poitrine absente. Quand j'en suis arrivé à ton pubis, il est possible que j'aie bredouillé. "Accouche !" s'est écrié le vieux sur un ton qui m'a fait penser qu'il avait l'habitude de donner des ordres. Et j'ai obéi. J'ai pris sur moi et j'ai tout déballé ! j'ai décrit la fente de ton pubis qui ressemblait à une blessure. Là, le vieux m'a arrêté. "Ce que tu as vu, petit, c'est l'origine du monde. Ce que tu regardais, c'est l'endroit où commence la civilisation." Pour te dire la triste vérité, Isabeau, je n'étais pas sûr de comprendre. "Le monde commence dans le pubis d'Isabeau ?" ai-je répété. À l'évidence, mon ébahissement amusait le vieux.

– Le monde a son origine dans l'entrejambe d'une femme ? *Par tous les saints de l'enfer, Léon, je commence à te croire. Tu es incapable d'inventer un truc pareil.*

– J'ai essayé de ramener le conciliabule sur un terrain plus sûr, en plaidant l'innocence, a poursuivi

Léon, "Dis, je n'ai pas vraiment douze ans, mais seulement dix ans et demi", ai-je admis.

– Et qu'est-ce qu'il a répondu à ça, ton vieux imaginaire ?

– Mon vieux réel a dit quelque chose du style : "Si on compte en années de chien, moi aussi j'ai dix ans et demi." Ce qui n'a fait qu'ajouter à ma perplexité, Isabeau. C'est quoi, une année de chien ? Et comment un vieux peut-il avoir dix ans et demi ? Il a l'air assez vieux pour être mort. »

5

Où le petit raconte comment il a pris le taureau par les cornes

Extrait du carnet de Léon :

KOBA : Écoute bien, petit, la poésie, la prose, l'art, l'architecture, les pièces de théâtre, les scénarios, l'histoire, surtout l'histoire – tout doit être au service de la révolution, du Parti.

MOI : Comment l'histoire pourrait-elle être au service de quoi que ce soit, à part celui des faits historiques ?

KOBA, riant dans son haleine fétide : L'histoire écrite nous en apprend plus sur l'historien que sur l'histoire. Elle nous raconte ce que l'historien a décidé de rappeler. Le Parti peut l'aider à choisir quoi se rappeler.

MOI : Y a-t-il autre chose au-delà du service du Parti ?

KOBA : Le fossoyeur et la tombe qu'il creuse sont au-delà du service du Parti.

*

Encore moi. C'est Léon qui parle. Pas sûr qu'Isabeau ait bien tout compris – il est du domaine de la probabilité que je ne lui aie pas rapporté les parties les plus croustillantes de mon conciliabule avec le vieux. Quand il a déclaré que l'origine du monde commençait dans l'entrejambe d'une femme, je peux dire maintenant qu'un déclic s'est produit, même si je n'ai pas eu le courage d'en faire part à Isabeau. Je me rappelle avoir demandé au vieux :

« Ce dont tu parles, est-ce que ce ne serait pas la chatte ? »

Alors, il a failli s'étouffer d'un rire qui semblait venir du ventre. À travers le nuage de fumée, je distinguais sur ses lèvres un de ces sourires tordus – j'emploie ce mot parce qu'on aurait dit véritablement qu'essayer de sourire lui faisait mal physiquement, comme lorsqu'on s'est cogné le coude contre un évier. Et puis, ah, quelle horreur, ses dents étaient toute jaunies par le tabac.

KOBA, quand il a pu enfin reparler, il a dit un truc du genre : Tu n'es pas aussi bête que tu en as l'air, petit.

Il a ouvert un tiroir de son bureau et m'a lancé un nouveau paquet de roubles attachés par un élastique. Puis il s'est levé, s'est approché de son perroquet et, après avoir ouvert la petite porte en bambou, il a sorti l'oiseau de sa cage. Il l'a mis devant son visage et l'a regardé dans les yeux. « Qu'est-ce que tu vas… » Mais je n'ai pas fini ma phrase. Je savais ce qu'il s'apprêtait à faire avant qu'il l'ait fait. Il a tordu le bec crochu de l'oiseau dans un sens et son corps dans l'autre.

Craignant de vomir, j'ai détourné la tête.

MOI, dans un murmure : Pourquoi ?

KOBA : Les perroquets ne sont pas innocents.

Puis il a fait quelque chose que je ne l'avais encore jamais vu faire – il a souri d'un sourire normal, habituel, de la façon dont mon père souriait quand il m'entendait expliquer à ma mère le modèle des champs quantiques de l'énergie nucléaire faible, c'est-à-dire avec les yeux et la bouche alignés sur la même page. Satisfait de lui-même, à l'évidence, le vieux a ajouté un *post-scriptum* :

KOBA : Écoute-moi bien, petit. Retiens chacun de mes mots. Ce que je vais te dire, je le tiens de source sûre : *Personne n'est innocent !*

MOI : Quelle est cette source sûre ?

KOBA : Question idiote pour un enfant aussi futé que toi. En Union soviétique, il n'y a qu'une seule source sûre – son prénom se trouve être le même que le mien : Joseph, son patronyme : Staline.

MOI : Et l'honorable camarade Staline pense vraiment que personne n'est innocent ? Pas même les membres du Politburo ?

KOBA : Ha ! Elle est bonne, celle-là. Surtout pas les membres du Politburo.

Hier, en arrivant chez le vieux, je l'ai trouvé dans son immense lit, adossé à des oreillers.

KOBA, en me voyant hésiter sur le seuil de sa chambre : Amène-toi, bon Dieu. Où étais-tu passé, nom d'une pipe ? Tu devrais être ici depuis vingt minutes.

J'ai vu douze ou quinze médailles épinglées sur sa tunique, là ou il n'y en avait aucune auparavant. Je me souviens de m'être exclamé : « Ouaouh, tu es un héros de guerre ! »

KOBA, désignant de la tête une boîte à chaussures pleine de médailles, ouverte sur la table de nuit : Il y en a beaucoup d'autres là d'où elles viennent. Je ne peux pas les porter toutes, il n'y a pas assez de place sur ma vareuse. J'ai pensé que tu serais épaté de me voir avec mes médailles.

MOI : Mon père en avait quatre, sans compter celle qu'il a reçue à titre posthume, quand la réaction en chaîne l'a tué.

KOBA, s'éclaircissant la voix, ce qui voulait dire qu'il allait faire une importante déclaration : J'aime bien quand tu es là, petit. Tu fais ressortir ce qu'il y a de meilleur en moi. Je commence à voir en toi un fils de substitution. Je ne passe pas des nuits blanches à redouter que tu veuilles me remplacer pour aider Staline à diriger le pays, ce qu'on ne peut pas dire de certains de ses précieux chatons, qui ne seraient que trop heureux de me voir trébucher. À vrai dire, il m'arrive de trébucher de temps à autres – qui ne le fait pas ? – mais comme disent les paysans, « trébucher peut empêcher de tomber ».

Je garde cette image dans la tête de Koba qui se penche, tapote ses oreillers derrière lui, puis s'y adosse à nouveau avec précaution.

KOBA : Staline aimait bien avoir Sergeï Kirov auprès de lui (a-t-il repris, en repêchant dans le passé un souvenir que l'historien Koba avait choisi de se rappeler). Il le traitait comme un putain de fils de substitution. Il disait à tout le monde que Kirov faisait ressortir ce qu'il y avait de meilleur en lui. Ils avaient une relation père-fils de substitution, du moins Staline le croyait. Ils passaient de longues soirées ensemble au sauna, à boire de la vodka et à résoudre les problèmes de la planète, bonté divine ! Et de quelle façon cette ordure l'a-t-il remercié ?

J'ignorais comment ce Kirov avait remercié l'honorable camarade Staline et l'ai avoué à Koba.

Alors, le vieux est sorti tout à coup de ses gonds, en inspirant vigoureusement par les narines.

KOBA : Il l'a remercié en lui soufflant la vedette au Congrès du Parti. Souffler la vedette à Joseph Staline ! Kirov a prononcé un discours interminable – articulant bien chaque mot dans un russe impeccable, dépourvu de toute trace de l'accent géorgien de Staline, il a donné de la viande rouge à manger aux carnivores du Parti, en s'en prenant aux opposants qui n'étaient pas aux ordres du Parti. Dans la salle, les *apparatchiks* se sont déchaînés, ils sifflaient, ils frappaient dans leurs mains moites, ils tapaient des pieds, ils scandaient : « Enfermez-les, enfermez-les. » C'est comme ça que Staline, qui savait lire dans les feuilles de thé alors que d'autres étaient seulement capables d'en boire, a compris que cet enfoiré de maire de Leningrad caressait l'idée de prendre sa place. Mais voilà, tout le monde sait comment ça s'est terminé.

MOI : Moi, je ne le sais pas. Dis, comment ça s'est terminé ?

KOBA : Ça s'est terminé quand une espèce de cinglé a tiré une balle dans la nuque de Kirov. Il va sans dire que les rumeurs laissant entendre que l'assassin – qui, soit dit en passant, a avoué son crime avant d'être exécuté – avait des liens avec nos tchékistes, étaient des calomnies pures et simples. Publiquement, Staline organisa des funérailles officielles pour Kirov et demanda à la nation de porter le deuil de son défunt mais pas regretté fils de substitution. En privé, il paraît qu'il aurait dit : « Bon débarras, sale ordure puante. »

La fois suivante, quand je suis monté dans son appartement par l'escalier en colimaçon, la cage à oiseaux en bambou avait disparu et le vieux était assis par terre, le dos au poêle en céramique, une bouteille de vodka à moitié vide et un verre de vodka à moitié plein à côté de lui, en train de regarder un album de photos.

LE VIEUX, marmonnant : Il paraît qu'on a inventé une pellicule qui fait des photos en couleurs. (J'ai dû tendre l'oreille pour comprendre ce qu'il disait car, comme souvent, il se parlait à lui-même.) Personnellement, je préfère le noir et blanc. (Il a levé les yeux et m'a vu.) C'est toi ? Tiens, regarde ça, petit. Ces photos datent d'avant la révolution. Tu vas voir comment j'étais quand j'avais encore tous mes cheveux. (Il a désigné la photo d'une dame, elle portait ce qui semblait être une robe d'été et elle regardait l'objectif bien en face, avec un air provocateur, la tête inclinée de côté, les yeux grands ouverts et ne cillant probablement pas.) Toute réflexion faite, les photos en couleurs, c'est peut-être mieux, après tout, a remarqué le vieux. Elle avait les yeux verts.

MOI : Qui est-ce ?

LE VIEUX : Elle s'appelait Nadezhda. C'était une de ces intellectuelles bolchéviques capables de réciter des passages entiers du *Que faire ?* de Lénine. Elle connaissait Lénine personnellement, mais contrairement à moi, elle l'admirait vraiment. Il est possible que cela ait quelque chose à voir avec le fait qu'il n'était pas indifférent aux filles qui ne portaient pas de corsets. Krupskaya, sa garce de femme, avait une sorte de cuirasse moyenâgeuse sous sa robe, disait-on pour plaisanter. Son amie française, Inessa, comme ma Tatka, ne cachait pas sa féminité avec des sous-vêtements. Écoute bien, une des choses formidables dans les révolutions, c'est que les femmes révolutionnaires veulent passionnément libérer leur corps en même temps que leur esprit. Du point de vue sexuel, notre révolution bolchévique a été une heure de gloire pour les révolutionnaires de sexe masculin comme moi, qui voulaient les aider à libérer leur corps. Ça, c'est encore une chose qu'on n'enseigne pas à l'école. Regarde, c'est une photo de Lénine que j'ai prise avant la révolution. Alors que le gouvernement provisoire avait mis sa tête à prix et qu'il était obligé de se cacher, il avait habité un certain temps dans l'appartement des parents de Nadezhda à Petrograd. Elle refusa de se laver la main pendant une semaine, la première fois que Lénine la lui avait serrée. Elle était une des rares personnes à pouvoir déchiffrer son écriture indéchiffrable et elle a fini par taper ses lettres à la machine, ainsi que ses articles pour la *Pravda*. Elle m'a dit que Lénine faisait plein de fautes d'orthographe. À mesure qu'elle tapait, elle les corrigeait. Il passa à une autre page recouverte de photos de cette Nadezhda. Ses parents n'étaient pas contents que je lui fasse la cour. À l'époque, elle était encore adolescente, ils trouvaient que nous avions une trop grande différence d'âge.

Moi : C'était votre femme ? demandai-je, mais il ne répondit pas, perdu qu'il était dans ses souvenirs.

Le vieux : C'est vrai qu'elle était plus jeune que moi (dit-il enfin, en se grattant machinalement le crâne et en hochant la tête d'une expression douce-amère). Vingt-deux ans de moins, pour être exact, mais elle parlait plus vieux. Il y avait des moments… des moments où elle parlait trop vieux. Par exemple quand elle répétait ces histoires éculées d'enfants au ventre dilaté et mourant de faim, qui mendiaient dans les gares d'Ukraine, comme si j'avais été responsable de la famine, alors qu'à l'évidence, c'était la faute de ces enfoirés de paysans qui préféraient brûler leurs récoltes et abattre leurs vaches plutôt que d'aller travailler dans ces putains de fermes collectives. C'est alors que son frère, ce salopard, est rentré d'Allemagne avec un cadeau pour elle. Il n'aurait pas pu lui offrir un collier ou un bracelet, ah non, sûrement pas, il a fallu qu'il lui rapporte un pistolet, a dit le vieux en s'interrompant pour reprendre son souffle. La vraie différence entre ma Tatka et moi, ce n'était pas l'âge, a-t-il murmuré. C'était notre façon de voir le monde. C'étaient nos yeux. Les siens étaient verts d'algue. Les miens sont pareils à ceux d'Ivan l'Effroi – noirs comme du charbon.

Le regard perdu dans un passé que lui seul pouvait voir, les mots lui sortaient de la bouche si vite qu'ils butaient les uns sur les autres. Voici, pour autant que je m'en souvienne, la substance de son récit :

Le vieux : Nadezhda était furieuse après moi. Je ne nie pas avoir flirté quelques fois avec d'autres dames à l'occasion d'un banquet officiel, quel Géorgien dans la fleur de l'âge ne le faisait pas ? Mais ma Tatka avait beaucoup de choses en commun avec la face cachée de la lune, elle pouvait être de très mauvaise humeur, elle me faisait la tête pendant des semaines quand nous nous étions disputés, ce qui était fréquent. Un jour, folle de rage, elle avait fait ses valises et elle était partie, je me rappelle l'année, je me rappelle l'heure, c'est en 1926, à onze heures du matin, qu'elle s'est enfuie à Petrograd avec nos enfants. Moi, comme l'imbécile amoureux que j'étais, j'ai couru après elle. Je jouais le rôle que le destin m'avait assigné. Je l'ai suppliée de revenir et elle a fini par accepter à condition qu'on ne dorme plus jamais dans le même lit.

Moi : Allons, Koba, je ne suis pas idiot (je me souviens avoir répliqué). J'ai compris ce que ça veut dire – elle a accepté de revenir à condition que vous n'ayez plus de rapports sexuels.

De retour de son voyage dans le passé, le vieux a réintégré le présent, avec moi au premier plan.

LE VIEUX : Tu me rappelles ma Nadezhda, petit – toi aussi tu parles vieux. Fais attention à toi, tu risquerais de te retrouver dans la merde jusqu'au cou.

Bien qu'il y eût deux chambres d'amis dans l'appartement, je n'y avais jamais vu de dame, en dehors de la gouvernante Valechka.

MOI : Où est Nadezhda, aujourd'hui ?

LE VIEUX : En train de pourrir dans une saloperie de cimetière.

J'ai marmonné la phrase que mes parents m'avaient appris à dire dans ce genre de situations : Je suis désolé pour la perte de ta Nadezhda.

LE VIEUX a grondé : Écoute-moi, petit, la dernière chose dont j'ai besoin c'est ta compassion. (Sa colère m'a laissé coi. Lui aussi restait sans rien dire. Au bout d'un moment, il a retrouvé sa langue.) Je suis fatigué (a-t-il annoncé très calmement. Trop calmement). Tu devrais peut-être rentrer chez toi maintenant.

Au moment où je sortais sur la pointe des pieds, il s'était déjà replongé dans son album.

*

Je suppose que le moment est venu de vous parler du mort.

Pavel, Vlad et moi étions dans la pièce secrète des jumeaux, qui se trouvait un peu plus loin dans le passage secret et en diagonale par rapport à la mienne, en train de jouer à un jeu que j'avais inventé, le Yloponom, c'est-à-dire le Monopoly à l'envers. J'avais eu l'idée d'inverser la règle du jeu pour s'il soit plus communistique. Au commencement, selon ma version, les joueurs disposent de l'intégralité de leur patrimoine et ils font leur possible pour perdre leurs hôtels, leurs maisons, leur argent et, finalement, tout ce qu'ils possèdent, en séjournant dans la propriété d'un autre joueur à qui ils paient un loyer. J'avais même confectionné de petites cartes de pénalité, enjoignant, par exemple, de graisser la patte d'un *écouteur* du NKVD – notre argot pour désigner un mouchard – deux cents dollars pour ne pas être dénoncé pour avoir écouté la Voix de l'Amérique, ce genre de choses. Le vainqueur est le premier joueur à faire faillite et on lui décerne le titre de parfait prolétarien. Me trouvant à court de cash, j'étais sur le point d'hypothéquer Boardwalk, quand j'ai perçu un bruit de pas étouffé dans le couloir. J'ai échangé un regard inquiet avec Pavel, puis on a entendu la voix perçante d'Isabeau qui criait : « Vous me faites mal ! » Un instant après, la porte s'est ouverte toute grande et Isabeau a déboulé dans la pièce, suivie, oh mon Dieu, par une armoire à glace revêtue d'un de ces imperméables très longs, alors qu'il ne pleuvait même pas.

« Si vous voulez continuer à vous cacher dans la Maison du quai, les enfants, vous n'allez plus pouvoir manger dans la cantine du sous-sol », voilà ce qu'il nous a dit. Il a étouffé un rire et s'est laissé tomber sur le lit de Pavel. « Il faudra aussi que vous fassiez vous-mêmes votre lit, tant que vos mères ne seront pas rentrées », a-t-il ajouté, en lissant les draps froissés de Pavel du plat de la main. Un vilain rictus déformait sa vilaine bouche. « D'où viennent les roubles avec lesquels vous payez la caissière ? a-t-il demandé, tandis que son regard se posait tour à tour sur Pavel, Vlad, Isabeau et enfin sur Zinaïda, qui lisait un de ses *comics* de Batman dans son coin. Comme personne ne répondait, il a de nouveau étouffé un rire. « Le chat t'a pris ta langue ? » a-t-il dit en me regardant droit dans les yeux.

C'est Vlad, ordinairement le plus timide d'entre nous, qui a réussi le premier à accorder ses cordes vocales.

« Qu'est-ce que vous voulez ?

– Ça dépend de ce que vous avez. »

Zinaïda a plaqué son comics ouvert contre sa poitrine, afin que le type en imperméable ne s'imagine pas qu'elle en avait une, uniquement parce qu'elle portait un soutien-gorge de sa mère.

« Il m'attendait chez moi, nous a expliqué Isabeau, en refoulant ses larmes. Il m'a tordu le bras derrière le dos parce que je ne répondais pas à ses questions. Du coup, j'ai répondu à ses questions. »

L'homme a sorti un de ces briquets en argent sur lesquels est gravé le profil de Staline et, inclinant la tête, il a orienté la petite flamme vers le bout de la cigarette coincée entre ses lèvres.

« Puis-je vous offrir une cigarette, les enfants ? Non ? Ne me dites pas que vous ne fumez pas encore. À votre âge, je me faisais un demi-paquet par jour. Mais c'est aussi bien de ne pas fumer. Il y a des médecins qui estiment que le tabac n'est pas bon pour les poumons. Sur ma liste des menaces qui pèsent sur ma vie, fumer est presque tout en bas. Alors, si je comprends bien », a-t-il dit, en exhalant un rond de fumée parfait qu'il a fendu du plat de la main, afin de mieux nous voir. « Vous êtes tous les enfants des ennemis du peuple qui ont été arrêtés. Puisque vos parents habitaient la Maison du quai, c'est qu'il avaient du cash, et beaucoup même, ce qui explique pourquoi vous, les enfants, vous avez des roubles pour payer à la cantine. »

Vlad – ce jour-là, j'ai vraiment changé d'avis sur lui – a répété sa question :

« Qu'est-ce que vous voulez ?

– De l'argent. Des gros paquets d'argent. Sinon je reviendrai avec mes potes et on vous arrêtera tous pour vous être introduits illégalement dans les appartements que le NKVD a fermés. Vous n'avez pas vu les rubans adhésifs collés sur les portes d'entrée ? Dans notre Goulag, il y a des camps réservés aux enfants des éléments antisoviétiques. »

J'ai réussi enfin à retrouver ma voix.

« Combien voulez-vous ?

– Pour commencer, disons un millier de roubles chacun.

– Où trouverait-on cinq mille roubles ? s'est exclamée Zinaïda.

– Je vois que tu es bonne en arithmétique, a constaté l'homme avec un sourire concupiscent, les yeux fixés sur le comics qui recouvrait sa poitrine. Si vous voulez continuer à habiter ici, mes enfants, il faudra apporter cet argent. Vos parents, comme tous les apparatchiks, auront sûrement planqué des liasses de roubles en prévision du mauvais temps. » Il a remonté le col de son imperméable sur son cou de taureau. « D'une certaine façon, il fait mauvais temps aujourd'hui, même s'il ne pleut pas.

– Si on arrivait, je ne sais comment, à trouver cinq mille roubles, ai-je dit d'une voix entrecoupée, comment on pourra être sûrs que vous n'allez pas revenir pour nous en demander davantage ? » Ce n'est qu'après avoir posé cette question que je me suis rendu compte que je bégayais.

« Vous ne pou… pourrez pas en être sûrs, a-t-il répliqué, en m'imitant. Mais il me semble bien que vou… vous n'avez pas d'autre choix. » Il s'est levé et a tourné la tête d'un côté et de l'autre, comme pour décrisper son cou. « Je reviendrai demain, comptez sur moi. D'accord ? Écoutez bien, les enfants, c'est d'accord et, si ce n'est pas d'accord, je vous conseille d'imaginer le long voyage en train jusqu'en Sibérie. Ça prend des semaines, des mois parfois. Et dans les wagons à bestiaux, il n'y a pas de toilettes et encore moins de cantine du genre de celle de la Maison du quai. »

« J'ai peur, a dit Pavel, après le départ de l'homme à l'imperméable.

– Qu'est-ce qu'on va faire ? a gémi Zinaïda.

– On pourrait le dénoncer à la police, a proposé Vlad.

– Il est la police, ai-je objecté.

– On pourrait le payer avec les billets du Monopoly, a dit Zinaïda. S'il n'est jamais allé en Amérique, il n'y verra que du feu.

– Il ne faut surtout pas le mettre en colère, a dit Isabeau. Je l'ai mis en colère et, maintenant, j'ai mal au bras.

– Il faudrait peut-être partir de la Maison avant qu'il ne revienne, a dit Vlad.

– Et on irait où ? a demandé Zinaïda. Qui nous logerait ?

– Si nous partons d'ici, comment saurons-nous que nos mères sont revenues ? » a dit Isabeau.

Je garde cette image dans ma tête de nous cinq assis par terre, le dos contre le mur, espérant contre tout espoir que l'un de nous trouverait une solution.

Ce *l'un de nous* s'avéra être moi. Au bout d'un très long moment, je fus stupéfait de m'entendre annoncer : « Ça y est, je crois que je sais ce qu'il faut faire. »

*

Moi : Quelle est la chose que tu aimes le mieux faire ? (Telle est la question que je me rappelle avoir posé au vieux.)

Il ne s'était pas rasé depuis plusieurs jours. Sa barbe naissante couleur de poussière donnait à sa peau l'aspect du papier de verre. Il a réfléchi quelques instants.

Koba : Ces temps-ci, j'aime bien regarder les défilés. Comme j'aide à diriger le pays, je peux assister aux grands défilés sur la place Rouge depuis le haut du tombeau de Lénine. En hiver, le plancher est chauffé. Tous ces soldats et ces ouvriers qui défilent sur la place Rouge se gèlent les couilles. Mais là-haut, dans la tribune, on a les pieds bien au chaud dans une carpette en peau d'ours. Et puis, tout au fond, il y a une table recouverte de *zakouskis* et de thermos remplis de vin chaud géorgien.

Moi : C'est là qu'est assis l'honorable camarade Staline ! me suis-je exclamé.

Koba : J'aime particulièrement les parades militaires. (Le vieux continuait à parler, bien qu'il fût son propre auditoire, une fois de plus.) Ça me permet de voir ces chars monstrueux, ces missiles énormes et tous ces soldats parfaitement alignés qui défilent devant la tribune officielle. Quand l'un d'eux n'est pas au pas, je compte les rangs en commençant par le premier, ainsi que le nombre de rangées, et je le signale au général qui boit du vin chaud à un thermos.

MOI : Mon père disait toujours que c'était mal de moucharder. Même si ce pauvre soldat avait les pieds gelés, il a dû avoir rudement chaud.

Le vieux s'est rendu compte que j'étais toujours là.

KOBA : Son boulot dans la vie, c'est de marcher au pas. Tous les manquements doivent être punis. Ne pas le punir serait une injustice envers ceux qui se donnent le mal de marcher au pas.

MOI : Ça amusait beaucoup ma mère de voir des soldats marcher au pas dans les films. Elle disait que les hommes n'étaient pas nés pour ça.

Le vieux a haussé les épaules d'un air las.

KOBA : Certains le sont, d'autres pas. Le boulot d'un assistant-tsar comme moi, c'est d'établir une séparation entre ces deux groupes, puis de prendre la tête de ceux qui sont assez sensés pour marcher au pas. (Une lueur étrange s'est allumée dans les yeux humides du vieux) Quand j'étais jeune, je ne marchais pas au pas, a-t-il remarqué. Mais c'était une autre époque. En ce temps-là, quand on marchait au pas c'était pour défiler devant le tsar. Maintenant que j'y pense, je dirais qu'à l'époque je faisais tout le contraire de marcher au pas. J'étais spécialisé dans ce que le Parti, au Caucase, appelait le travail *propre* – faire casquer les riches commerçants – et quelquefois aussi dans le travail *sale* – liquider ceux qui refusaient de casquer. Pour être honnête, j'aimais cette vie. On était dehors presque tout le temps, quel plaisir c'était de dévaliser les wagons blindés qui apportaient de l'argent aux banques, quel plaisir de sauter des filles fascinées par les bolchéviques qui dévalisaient des wagons blindés.

MOI : Est-ce que toi, tu as déjà tiré sur quelqu'un ?

KOBA, en toussotant : C'est possible.

MOI : Tu as tué la personne sur qui tu as tiré ?

KOBA : J'étais le brigand de Lénine. Je ne perdais pas mon temps à prendre le pouls d'un type étendu par terre, en train de se vider de son sang. Quand je tirais sur quelqu'un, je tirais pour tuer. Et comme j'étais un sacré bon tireur, je ratais rarement ma cible.

C'est sûrement à cet instant-là que j'ai compris que j'avais devant moi une célébrité soviétique, un véritable héros de notre glorieuse révolution. Non seulement Koba avait l'air vieux mais il dégageait une odeur de vieux, pourtant à partir de ce moment je l'ai vu avec d'autres yeux. Je me souviens de lui avoir demandé si ça l'avait rendu triste d'avoir tué quelqu'un, même si c'était pour la bonne cause. Cette fois il ne s'est pas éclairci la voix. Il m'a répondu du tac au tac.

KOBA : Un révolutionnaire ne pleure pas sur le lait renversé. Staline nous enseigne qu'il est stupide de croire que le passage du capitalisme au socialisme peut se faire sans violence. Écoute-moi, petit, le premier commandement dans la vie – pour un individu, pour la révolution – c'est de survivre, d'accord ? Et pour survivre, tu dois savoir qui sont tes ennemis. Ou bien, comme nous l'enseigne Staline, ceux qui *risquent* de devenir des ennemis, avant qu'ils aient la possibilité de *le devenir*, et se faire alors un devoir de les éliminer.

MOI : Tu es en train de dire que je n'aurais pas d'ennuis si j'éliminais quelqu'un qui mettrait en péril ma survie ou celle de mes amis, c'est ça ?

Un braiement s'est échappé de la gorge du vieux : « Ne te fais pas prendre et tu n'auras pas d'ennuis », voilà ce qu'il avait dit, je m'en souviens.

Je jure que c'est ce qu'il avait dit, mot pour mot : *Ne te fais pas prendre*. Il tirait des bouffées de sa cigarette comme si ç'avait été un de ces masques à oxygène que j'avais vus dans le service de ma mère, à l'hôpital du Kremlin.

KOBA : Si quelqu'un te menace toi ou tes amis, l'éliminer c'est de la légitime défense.

*

« De la légitime défense ? Tu es sûr que c'est ce qu'il a dit, ton vieux ? demanda Isabeau. Il est avocat ou juge ?

– Il est assistant-tsar. Il aide à diriger le pays.

– Je ne vois pas trop en quoi ce métier consiste exactement, a dit Isabeau.

– Peut-être qu'il cire les pompes de Staline, a proposé Zinaïda. Peut-être que c'est sa façon d'aider à diriger le pays.

– Tu ne comprends pas, ai-je dit. C'est, à l'évidence, un héros de la révolution.

– Un héros, mon œil, dit Isabeau. Ce qu'il nous faut, c'est quelqu'un qui connaît quelqu'un au Kremlin qui puisse nous débarrasser de ce connard du NKVD. »

L'ennui, c'était qu'on ne connaissait personne qui connaissait quelqu'un au Kremlin.

Il faut donc que je me lance. Il faut que je prenne le taureau par les cornes et que je vous raconte comment j'ai pris le taureau par les cornes. Voilà : Il est revenu, le type à l'imperméable, fidèle à sa promesse. Isabeau lui a dit de la suivre dans le couloir aboutissant à la porte coupe-feu qui ouvrait sur l'escalier en bois. Nous étions assis sur les marches à l'attendre. D'un signe de la tête, je lui ai montré le sac en papier marron, posé sur le tapis indien de la mère de Zinaïda que nous avions étalé par terre.

« C'est pour quoi faire, ce tapis ? a demandé l'imperméable.

– C'est pour ne pas salir votre pantalon quand vous vous mettrez à genoux pour compter les billets », ai-je répondu.

L'imperméable a souri de son sourire fielleux, s'est agenouillé sur la carpette, a ouvert le sac et en a tiré la liasse de roubles que le vieux m'avait sortie de son tiroir bourré de roubles. Puis, après s'être humecté le pouce de la langue, l'imperméable a retiré l'élastique et commencé à compter les billets. Mes amis me regardaient, une question muette dans les yeux. Fixant la nuque de l'imperméable, j'ai empoigné le Chagan de ma mère, que j'avais enveloppé dans une serviette comme le font les gangsters capitalistes dans les films. Je me suis approché de lui par-derrière au moment où il disait :

« Vous vous moquez de moi ou quoi ? Il n'y a que deux mille quatre cents… »

Ce furent ces dernières paroles. J'ai tendu le bras et, pointant la serviette sur son cou épais, j'ai pressé la détente, oui je l'ai vraiment fait, et une des cinq balles a jailli de la serviette pour se loger dans son cou. Il y a eu un *clic* étouffé étonnamment réconfortant, ne me demandez pas pourquoi, puis une volute de fumée s'est élevée de l'extrémité du rouleau d'éponge, presque comme si je lui avais tiré dessus avec la serviette de ma mère et pas avec son pistolet. J'ai aperçu dans son cou un petit trou qui n'y était pas auparavant. C'est sans doute à peu près à cet instant que l'imperméable a basculé en avant, sa tête a heurté le sol où il est resté agenouillé, en équilibre parfait, le front et les deux épaules plaqués au tapis et une traînée d'écume suintant de ses lèvres mortes.

Représentez-vous le tableau – bon, d'accord, ne le faites pas si ça vous donne envie de vomir. Isabeau pleurait en silence.

« Dis-toi que c'est de la légitime défense, lui ai-je chuchoté, tandis qu'à quatre, un à chaque coin du tapis, nous avons entrepris de traîner le cadavre de l'imperméable dans l'escalier. Vlad est passé devant pour nous tenir les portes. Avant d'arriver au deuxième sous-sol, j'ai senti l'odeur de chlore de la piscine et je l'ai inspirée à plein nez dans l'espoir que cela neutraliserait l'odeur qui allait sûrement émaner du mort qu'on traînait dans l'escalier.

*

MOI : Je suis bon aux échecs et j'étais bon à l'école, quand j'allais à l'école. (Je me rappelle avoir dit ça au vieux, un soir.) Mon père était bon en physique. Ma mère était bonne en chirurgie cardiaque. Et toi, tu es bon en quoi ?

KOBA : En souliers. Quand j'avais ton âge, je travaillais dans l'échoppe de mon père. Je devrais dire plutôt que je travaillais dans sa boutique quand il n'était pas trop ivre pour l'ouvrir. Je pouvais réparer des bottes les yeux fermés, je pouvais remplacer des talons et des semelles, puis vaporiser l'intérieur avec une lotion après-rasage pour qu'elles sentent le neuf. Aujourd'hui encore, en caressant une chaussure, je peux dire si elle a été confectionnée à la main ou dans une de ces usines qui fabriquent un millier de chaussures par jour.

Le jour de ce conciliabule précis, le vieux était allongé sur le ventre dans un canapé de son salon. Sa vareuse était drapée sur le dossier d'une chaise et son dos nu et flasque était recouvert de sangsues répugnantes qui lui suçaient le sang.

KOBA : Peux-tu me dire, petit, quelle est l'invention qui a le plus changé le monde ?

MOI : Facile. C'est forcément la roue. Ou peut-être la presse à imprimer de Gutenberg. Ou alors la machine volante plus lourde que l'air.

KOBA : Faux, faux et archi-faux (s'écria-t-il, tel un écolier qui a trouvé la bonne réponse). L'invention qui a vraiment changé le monde, d'après ma sainte mère, c'est le bouton de ta chemise. Imagine le premier homme – ou bien, étant donné qu'il s'agit d'un vêtement, peut-être la première femme – qui a eu l'idée ingénieuse de passer un objet arrondi, le bouton en question, dans la fente d'une étoffe, après quoi ledit bouton impose sa rotondité et maintient le vêtement fermé. Ma mère voulait dire par là que c'était la preuve du génie de la race humaine. Il a fallu que quelqu'un l'imagine dans sa tête avant de le fabriquer. Un petit objet rond. Une fente droite. Une fois le bouton inventé, le reste a été un jeu d'enfant : la roue, la presse à caractères mobiles de Gutenberg, la machine volante plus lourde que l'air qui, soit dit en passant, a été inventée par un Russe – notre amiral Mojaïski a effectué le premier vol actionné par la vapeur, en 1884, c'est-à-dire dix neuf ans avant que ces Américains, les frères Wright, réussissent à faire décoller leur engin maladroit.

LE VIEUX, un autre jour : La collectivisation a détruit la réputation de Staline (m'avait-il dit en proie à une grande agitation. Je sens encore son haleine courir sur le bureau, elle était particulièrement aigre ce soir-là). Et c'est tout à son honneur d'avoir avalé la pilule empoisonnée. Retiens bien ce que je te dis, petit, je vais te donner un petit cours sur la révolution bolchévique. Voilà : En réalité il y a eu deux révolutions en octobre 1917, une dans les villes, quand le prolétariat et les soldats épuisés par la guerre avec l'Allemagne se sont révoltés contre le gouvernement provisoire, la seconde dans les campagnes, quand les paysans ont chassé – et assassiné quelquefois – leurs propriétaires. Ils se sont partagé les grands domaines et les ont mis en culture. Dix ans après notre révolution bolchévique, la plus grande partie des terres cultivables de l'Union soviétique était entre des mains privées, je n'exagère pas. Personne – ni Marx (qui dans un moment de sincérité avait avoué ne pas être marxiste), ni Lénine (qui avec son célèbre « un pas en arrière » n'était pas sérieusement léniniste), ni Trotski (qui était menchévique avant de s'apercevoir dans quel sens le vent tournait, et de se rallier aux bolchéviques), ni Kamenev ou Zinoviev (qui étaient totalement contre le déclenchement de notre révolution bolchévique), ni certainement ce grand intellectuel qui refaisait le monde dans les cafés, Boukharine (il passait ses journées à essayer de calculer combien d'anges socialistes pourraient danser sur le bout de la queue d'Hitler) – aucun d'entre eux, non, pas un seul, n'a su comment s'y prendre avec ces hordes de capitalistes impénitents qui s'appelaient les paysans. Ils n'allaient pas donner de leur plein gré leurs quelques arpents de terre et leurs deux vaches. Staline – il est disons-le une sorte de génie, chose qu'il serait le premier à nier, étant donné son extrême modestie – avait compris qu'Hitler allait avoir besoin *d'espace vital*, ce qui rendrait inévitable une nouvelle guerre européenne. L'impénétrable ligne Maginot, à l'ouest, ou bien – si elle était pénétrée à la suite d'une prouesse militaire – l'infranchissable Manche anglaise, obligerait Hitler – encouragé par les sœurs mort et nuit, Roosevelt et Churchill – à se retourner vers l'est, en vue de se ménager ce que les Américains, avec leur talent de puritains pour enrober les choses, justifiaient comme étant le « Destin manifeste » et que les Allemands, plus directs et appelant un chat un chat, appelaient *espace vital*. Ce qui aurait placé l'Armée rouge en plein sur le chemin de la Wehrmacht. Staline partait du point de vue que nous avions dix ans pour rattraper notre retard sur les pays industriels européens, ou alors c'était périr. Pour industrialiser, pour créer des aciéries à partir de rien, pour construire de gigantesques barrages afin de fournir de l'électricité à nos usines, pour procurer des ouvriers à ces usines, il fallait transplanter dans les villes des quantités de paysans et les nourrir. C'est pourquoi – on était en 1929, si ma mémoire ne me joue pas de tours – Staline envoya les cadres bolchéviques dans les campagnes pour mettre en place la collectivisation de l'agriculture. Tu sais ce que signifie le mot *collectivisation*, petit ?

Moi : Ça, on nous l'apprend à l'école. C'est quand un groupe de personnes réunissent leurs énergies et leurs outils pour une cause commune.

Koba : Ces enfoirés de paysans n'avaient aucune intention de mettre ne serait-ce que leur morve en commun pour une cause d'intérêt général, a dit le vieux, sans se donner la peine de dissimuler son amertume. Ils résistèrent obstinément, abattant leur bétail, brûlant leurs récoltes, laissant pourrir les semences. Rien que dans l'année 1930, ils assassinèrent un millier de bolchéviques que Staline avait envoyés pour mettre sur pied les fermes collectives. Par bien des aspects, nous étions dans une situation beaucoup plus difficile que pendant la honteuse guerre civile qui a suivi notre révolution. À ce moment-là, nous savions *qui* étaient nos ennemis, nous savions *où* étaient nos ennemis. Les armées blanches nous attaquaient, il fallait faire face à l'armée anglaise au nord, aux Français au sud et au bataillon tchèque qui avait occupé un gros morceau de la Sibérie. Pendant quelque temps, ça ne tenait qu'à un fil. Si les Blancs l'avaient emporté tu peux parier que nous tous, à commencer par Lénine, aurions été pendus par le cou jusqu'à ce que mort s'ensuive. Les Blancs n'ont pas gagné, bien entendu, mais la collectivisation était la guerre civile revisitée. Tu sais ce que veut dire *revisitée*, petit ? Ces dégonflés du Politburo pensaient que Staline se découragerait quand la famine s'est répandue en Ukraine et que les paysans en ont été réduits à manger leurs enfants. J'espère qu'ils les faisaient cuire avant. Hé ! Je plaisante. Les paysans disent qu'on ne peut pas attraper le vent avec un filet. Quelques centaines de milliers de koulaks passant l'arme à gauche, quelques millions de paysans ukrainiens mourant de faim, ce n'était pas joli-joli, crois-moi, mais c'était le prix que nous autres bolchéviques devions payer pour une industrialisation éclair. Les paysans, qui en savent long sur les cimetières, disent que la mort d'une personne est un crève-cœur mais que la mort d'un million de personnes, ce sont des statistiques. Écoute-moi bien, petit, le monde, sevré de *realpolitik*, a à peine sourcillé quand les Britanniques ont inventé les camps de concentration pour les remplir d'Afrikaners, après la deuxième guerre des Boers.

Y a-t-il eu un tollé assourdissant, en 1915, quand les Turcs ont exterminé deux millions d'Arméniens ? Ou lorsque notre Staline a raflé et déporté à l'est quelques centaines de milliers d'Allemands de la Volga, au début de la Grande Guerre patriotique ? En voyant les chatons verser leurs larmes de crocodile à cause des Ukrainiens morts de faim – ça faisait rire – Staline leur a dit que la révolution était incapable de regrets. Il leur a dit aussi que, pour être efficace, la Terreur rouge devait frapper au hasard. Et sous son commandement inspiré, c'est ce qui se passa. Chaque soir les contre-révolutionnaires, les ennemis du peuple, les traîtres, les conspirateurs allaient se coucher avec une valise faite sous leur lit au cas où ils devraient se réveiller en prison le lendemain matin. Ce n'est pas un hasard si le nom de Staline veut dire *acier*. L'acier constitue la colonne vertébrale de Staline. La collectivisation était la solution pour distribuer la production agricole, la solution pour nourrir les ouvriers, afin que la Russie puisse produire massivement des chars et des avions en vue de la guerre inévitable avec l'Allemagne nazie. En 1929, Staline donna l'ordre d'instaurer des cartes de rationnement, ce qui a contribué à soulager la disette, sans pour autant y mettre un terme, mais ainsi elle était partagée entre les paysans.

MOI : Comment peut-on partager la disette ?

Dehors, il faisait sombre. Le vieux était planté devant l'unique grande fenêtre de son bureau. Je n'aurais pu dire s'il examinait son reflet dans la vitre ou s'il contemplait les coupoles en forme d'oignon d'une église.

KOBA : Staline a avalé la pilule empoisonnée, a-t-il répété.

Moi : Si les paysans étaient les ennemis du peuple, ai-je marmonné. Si c'étaient des criminels, s'ils faisaient obstacle à l'industrialisation, alors je suppose qu'il fallait les arrêter…

Le vieux a agité la tête si violemment que j'ai cru qu'il allait attraper un torticolis.

Koba : Staline aurait bien besoin de quelqu'un comme toi au Politburo, s'est-il exclamé. Une nouvelle tête avec une conscience de communiste, pour l'aider à défendre la révolution.

Rendez-vous compte ! Moi, Léon Rozental, dix ans et demi et des poussières, le plus jeune membre du Politburo de Staline ! Il faudrait que je m'asseye sur plusieurs exemplaires de la glorieuse Constitution soviétique pour arriver à la hauteur de la table. Mais pourquoi pas, après tout ?

Il m'a semblé entendre un minuscule gramophone jouer *L'Internationale*, dans l'immense salle de bal située sous l'appartement du vieux. Comme tout écolier russe, je connaissais les paroles par cœur et j'entonnai le premier couplet, accompagné par la musique : *Debout ! les damnés de la terre / Debout ! les forçats de la faim.* Quand le vieux a incliné la tête pour mieux m'entendre, j'ai vu un sourire authentique sur son visage blafard, et une larme a suinté de l'un de ses yeux bigleux.

Koba : Tu es l'avenir, petit, s'est-il exclamé. Nous sommes infiltrés par les contre-révolutionnaires, nous sommes encerclés par les ennemis du peuple, des armées d'ennemis cherchent à saboter l'expérience communiste avant qu'elle ne gagne les pays capitalistes. Les saboteurs sont partout. Arriver en retard à son travail peut paraître innocent, mais arriver en retard trois fois de suite, c'est du sabotage et il faut punir ce comportement avant qu'il ne puisse contaminer la masse des travailleurs. Sais-tu que des contre-révolutionnaires ont été pris en train de verser du sable dans les réservoirs de combustibles, de mettre du verre pilé dans de la pâte à pain ? Voilà pourquoi nos tchékistes doivent rester vigilants vingt-quatre heures sur vingt-quatre, sept jours sur sept. Hier encore, un de nos tchékistes, un honnête policier, un mari, un père, a été assassiné dans la Maison du quai. On a retrouvé son corps flottant dans la piscine. Toi qui habites dans l'enceinte du Kremlin, je ne pense pas que tu connaisses bien la Maison du quai. C'est un nid de vipères contre-révolutionnaires. Des douzaines, même des centaines d'individus qui y logent ont été arrêtés par nos services de sécurité. Chante-moi encore ces paroles, petit.

J'avais du mal à trouver ma voix. Quand je fermais les yeux, je ne voyais plus que le tout petit trou dans la nuque de l'imperméable. *Debout ! les damnés de la terre*, ai-je réussi à entonner d'une voix rauque.

Je me rendais compte que le vieux était content de moi. Il a pris une cigarette dans son paquet d'Herzegovina Flor, l'a incisée du bout de l'ongle et a enfourné le tabac dans le foyer de la *meerschaum* que je lui avais offerte. En inspirant, il l'a allumée avec le briquet en or qui, m'a-t-il dit, avait été offert par le président Roosevelt à l'honorable camarade Staline, lors de la conférence de Yalta. Tandis que le vieux maintenait la flamme au-dessus du fourneau, je me suis aperçu que sa main tremblait et j'ai détourné les yeux pour ne pas le mettre dans l'embarras.

LE VIEUX : Staline n'a pas ce qu'il mérite, a-t-il dit de sa voix cassée par la cigarette, qui me parvenait à travers les volutes de fumée. Tous ces intellectuels de café, à commencer par V. Lénine, y compris N. Boukharine, L. Trotski, G. Zinoviev et L. Kamenev étaient trop occupés à se branler les neurones pour trouver des interprétations diverses de tel ou tel aspect de la doctrine marxiste, pendant que le Secrétaire général Staline trimait quatorze heures par jour pour structurer le Parti, afin que le Parti puisse structurer le pays. Tant que Lénine était vivant et en bonne santé, Staline rendait compte à Lénine. Quand Lénine n'a plus pu parler, après son attaque, c'était en mai 1922, Staline ne rendait compte qu'à lui-même. Crois-moi, tout au fond de leur cœur, Lénine et Trotski étaient certains que la révolution russe ne survivrait pas sans qu'une autre révolution s'installe en Europe. Si ça n'avait dépendu que d'eux, la Russie aurait joué les seconds violons dans leurs plans grandioses de révolution mondiale. C'est Staline qui a inventé la formule « Le socialisme dans un seul pays ». Ce pays était l'Union soviétique. C'est Staline qui a sauvé la révolution. C'était un dirigeant à qui rien n'échappait. Il a écrit des scénarios de films, il a calculé les quotas de blé selon la région et les conditions météorologiques, il a supervisé la conception et la fabrication d'un nouveau char et d'un nouvel avion de combat, il examinait soigneusement les nominations des responsables des districts soviétiques, il a même trouvé le temps d'écrire pour la *Pravda* une critique de cet opéra ignoble de Chostakovitch, *Lady Macbeth du district de Mtsensk*, bonté divine, que par modestie il a signée d'un pseudonyme, bien entendu. Tu sais ce que c'est un pseudonyme ? Peu importe. Savais-tu que Lénine avait créé le poste de Secrétaire général spécialement pour Staline ? Encore un petit détail qu'on ne vous apprend pas à l'école. Et puis, sur son lit de mort, note bien ça, Lénine s'est retourné contre Staline à cause d'une petite prise de bec avec sa femme. Tu sais ce que c'est une prise de bec ?

Justement, je le savais. Souvent, quand mes parents se disputaient, je m'enfermais dans la salle de bains en laissant couler l'eau dans le lavabo pour couvrir leurs voix.

Moi : Mon père et ma mère avaient des prises de bec, ai-je dit à Koba. Et pas toujours si petites que ça.

Le vieux : Staline, disons-le, n'avait pas très bon caractère. Un jour il s'était emporté contre Kroupskaïa – le fait de chier dans les mêmes toilettes que Lénine ne lui donnait tout de même pas le droit de dire du mal du Secrétaire général. Staline l'avait prévenue que, si elle ne fermait pas son clapet, il nommerait une autre épouse pour Lénine. La mégère courut tout rapporter à son époux qui, s'il pouvait à peine parler, était encore capable d'écrire. Il prêta l'oreille aux pleurnicheries de Kroupskaïa. Il ajouta à son testament un codicille accablant pour Staline, disant qu'il était trop grossier pour diriger le pays et qu'il fallait le remplacer par quelqu'un d'autre. Staline, trop grossier ! Tu te rends compte ? Et le remplacer par qui ? Personne ne voulait de ce boulot de merde. Staline a dû vivre pendant des années avec ce codicille calomnieux au-dessus de sa tête. La vérité, c'est que le roi des clowns bolchéviques ne savait pas quoi penser de Staline. Il ne l'avait jamais vraiment compris. Le Secrétaire général n'était pas un intellectuel, il n'avait jamais prétendu en être un, mais il était doté d'un instinct viscéral infaillible. Je les ai vus ensemble bien des fois. Lénine était mal à l'aise en présence de Staline, il le surveillait tout le temps du coin de l'œil pour épier ses réactions. Tu peux parier que l'illustre Karl Heinrich Marx doit se retourner dans sa tombe de Londres à l'idée que le chef du mouvement communiste international ne prend pas pour argent comptant toutes les foutaises de son *Capital*. Il est possible que la religion soit l'opium du peuple, comme l'a dit Marx, mais dans les premiers mois de la Grande Guerre patriotique, alors que rien ne semblait pouvoir arrêter l'envahisseur allemand et que la Wehrmacht était presque arrivée à portée de voix de Moscou avant que l'Armée rouge et le Bonhomme hiver n'aient réussi à la mettre en déroute, c'est le pavot à opium, pas le marxisme, qui était la drogue élue par Staline. C'est ce qui lui a permis de garder la raison, alors que les défaitistes qui l'entouraient étaient bons pour l'asile. Tu ne m'as pas demandé mon avis, petit, mais je vais te le donner quand même. Quand les historiens se pencheront sur la révolution, sur la guerre civile, sur Lénine et Staline, ils découvriront un fait gênant, à savoir que Lénine était jaloux de Staline. Le sang juif de Lénine est peut-être à la racine de cette jalousie. Je te parie que nos manuels d'histoire ne disent pas que Lénine avait du sang juif. Lui-même ne l'a jamais reconnu. C'était un secret d'État, caché sous le tapis. Je sais de source sûre que son grand-père maternel était un *youpin* ukrainien qui s'était converti pour se soustraire à la Zone de résidence et pouvoir entrer à l'université. Seigneur, si tu trouves que Staline a mauvais caractère, tu aurais dû voir Lénine exploser. Il pouvait se mettre en colère pour des riens. J'étais présent le jour où il avait engueulé son coiffeur, parce que la façon dont il lui avait coupé les cheveux ne lui plaisait pas. Lénine avait de vilaines petites mains molles, personne ne l'avait remarqué sauf moi, les chatons étaient otages de sa légende. Tu sais ce qu'on dit des petites mains…

MOI : Petites mains, petits gants !

LE VIEUX : Peu importe. Le fait est que Lénine n'était pas très courageux. Quand nous autres étions dans les rues de Petrograd à nous battre contre le Gouvernement provisoire, le *grand timonier de la révolution*, ainsi qu'il se définissait lui-même, se cachait à Smolny, dans la pension de jeunes filles huppée qu'on avait réquisitionnée pour l'État-major. Ha ! Le problème de Lénine, le problème de ces intellos de café si contents d'eux-mêmes, c'est qu'ils étaient contaminés par la culture européenne. Ils haïssaient Staline comme étant l'incarnation de la Russie asiatique et ignorante. Tu vois, la clique des cafés a peut-être contribué à faire éclater la révolution mais elle n'a jamais vu plus loin que la révolution. Ce boulot de merde, ils l'ont laissé à Staline. C'est lui qui a fixé tous ces petits boulons sur la grande locomotive, pour que les roues puissent tourner quand elle a entraîné l'État sur le chemin du progrès.

Le téléphone posé sur le bureau de Koba a sonné. Visiblement agacé par cette interruption, il a décroché d'un geste sec et est resté un moment à l'écoute. Je le connaissais assez bien, désormais, pour me rendre compte qu'il était contrarié et je ne me suis pas étonné de l'entendre houspiller la personne qui avait la malchance d'être à l'autre bout du fil.

KOBA : En ce qui concerne *Onéguine*, auquel Staline a assisté hier soir, il aurait déclaré qu'il trouvait scandaleux que Tatiana se présente sur scène dans une tenue transparente. Ne m'interrompez pas, bon dieu. Non, je ne suis pas en train de donner des instructions, je vous transmets simplement un commentaire de Staline en passant. C'est à vous de trouver ce qu'il a voulu dire, c'est à vous d'imaginer quoi faire.

C'est Léon qui parle : je dois avouer que je ne savais pas qui était ce camarade *Onéguine*. J'espère avoir bien orthographié son nom.

En raccrochant, le regard du vieux s'est arrêté sur une pile de papiers posés sur son sous-main. De là où je me trouvais, je les voyais à l'envers mais il m'a semblé qu'ils étaient remplis de noms écrits à l'encre noire – des noms de famille, des prénoms, des patronymes. Koba a mis ses lunettes, a pris un stylo, s'est penché sur les feuillets et a griffonné sur chacun d'eux un *za* à l'encre rouge, en haut et à droite. J'ai supposé que c'était une liste des membres du Parti proposés pour une promotion, une pension, une décoration militaire ou un permis de résidence à Moscou, si difficile à obtenir. Ou peut-être un passeport pour partir en voyage à l'étranger, qui sait ? Sinon, pourquoi quelqu'un d'aussi important que Koba aurait-il perdu son temps précieux pour signer des listes ? De temps à autre, un nom particulier paraissait retenir son attention et il le rayait d'un trait de plume – pas de promotion, pas de passeport pour celui-là ! Ou alors, c'était tout le contraire ? S'agissait-il de listes d'ennemis du peuple à punir pour une chose ou une autre, alors qu'il fallait gracier ceux dont le vieux avait rayé le nom parce qu'il les connaissait personnellement ? En tout cas, c'était la preuve que mon nouvel ami Koba était quelqu'un avec qui il fallait compter.

Tout à coup, quand il a eu fini de signer les feuilles, le vieux s'est rendu compte qu'il n'était pas seul dans la pièce.

Koba : Tu es encore là ? Où en étais-je ?

Moi : Tu étais en train de me donner un petit cours sur la révolution bolchévique.

Koba : Ah oui. En réalité, il y a eu deux révolutions, en octobre 1917, celle des villes quand le prolétariat, ainsi que les soldats, épuisés par la guerre…

J'ai levé la main comme on nous l'avait appris à l'école pour demander la parole.

Koba : Quoi ? fit-il.

Moi : Ça, tu me l'as déjà dit.

Koba, perplexe : Quand ça ?

Moi : Il y a quelques minutes.

Koba : Ah. Vraiment ?

Et curieusement, d'une voix grave de prêtre, il a entonné : *Gospodi pomiloe, gospodi pomiloe, gospodi pomiloe.*

Moi : De qui Dieu doit-il avoir pitié ?

Koba : De moi.

Moi : Je pensais que vous ne croyiez pas en Dieu.

Koba s'esclaffant : Demander au Seigneur, qu'il existe ou non, d'avoir pitié de toi, c'est un peu comme prendre une police d'assurance sur la vie.

*

« Ils ont trouvé le corps, m'a chuchoté Pavel. Je les ai vus de ma fenêtre le rentrer dans une ambulance. Des voitures de police barraient la rue. Ça grouillait d'imperméables. Tu es sûr qu'ils ne retrouveront pas le tapis et le pistolet ? »

J'avais glissé une cinquième balle dans le Chagan de ma mère et l'avais dissimulé derrière des livres. On avait épongé les traînées de salive laissées par la bouche du mort sur le tapis indien et on l'avait caché dans la salle de bains des parents de Zinaïda, recouvert par un tapis plus grand. Malgré tout, nous étions nerveux. Je pense qu'il n'aurait pas été faux de dire que nous avions tous affreusement peur de ne pas vivre assez longtemps pour devenir adultes.

*

Dans mon rêve, je suis assis sur deux exemplaires de la glorieuse Constitution soviétique et sur *Les douze commandements sexuels du prolétariat*, ce qui me permet d'être à la hauteur de la table. Je porte un bermuda blanc et le pull marin que mes parents m'avaient achetés l'été précédant la mort de mon père au cours de vacances passées dans une résidence du gouvernement réservée aux physiciens, au bord de la mer Noire. À ma droite, le vieux arbore une vareuse militaire bardée de médailles qu'il puise dans une boîte à chaussures et épingle au fur et à mesure – avant d'en épingler une, il est obligé d'en retirer une autre pour faire de la place. L'honorable camarade Staline, le dos courbé sous le poids du galon d'or de son uniforme de maréchal, préside, non pas à la place d'honneur, mais depuis le siège placé immédiatement à droite. C'est le petit homme au monocle qui avait épinglé la médaille sur la poitrine de ma mère qui se trouve à la place d'honneur et il fume une cigarette américaine Lucky Strike (étant donné que je parle l'américain, je sais que ce nom vient de leur sport national décadent, le baseball).

« Tout d'abord, annonce l'honorable camarade Staline dans mon rêve, souhaitons la bienvenue à un nouveau membre du Politburo. Il se nomme – il jette un coup d'œil au carton posé devant lui sur la table – Léon Rozental, dix ans et demi…

– Et deux jours », je rectifie depuis ma place à la table.

L'honorable camarade Staline a un petit rire aimable.

« Dix ans et demi et deux jours », dit-il en adressant un sourire grand-paternel dans ma direction. « Léon, ici présent, est le fils du héros défunt de l'Union soviétique, le physicien Rozental, qui a sauvé des barres d'uranium, alors que des contre-révolutionnaires tentaient de saboter la première réaction en chaîne soviétique. »

Autour de la table tout le monde applaudit. Je mets un temps fou pour comprendre que c'est moi qui suis l'objet de leurs applaudissements. Le vieux me donne un petit coup de coude dans les côtes.

« Lève-toi et salue », murmure-t-il.

J'obéis. Je me lève et me plie en deux.

Dans mon rêve, l'honorable camarade Staline s'aperçoit que l'étiquette de mon pull est visible, ce qui veut dire que je l'ai mis à l'envers.

« Ton pull est à l'envers, dit-il.

– Son pull est à l'envers, dit Lucky Strike.

– Je sais », dis-je.

L'honorable camarade Staline est intrigué.

« Tu le sais et tu continues à le porter comme ça ?

– Mon père mettait toujours ses pulls à l'envers. Parce que le monde est sens dessus dessous, disait-il. Je suis trop jeune pour comprendre ce qu'il voulait dire par là, mais vous, qui êtes apparemment l'héritier de l'honorable camarade Lénine, vous le savez sûrement.

– Ton père voulait dire, sans aucun doute, que le monde *capitaliste* est sens dessus dessous, déclare l'honorable camarade Staline. Pour ce qui concerne notre monde socialiste, c'est exactement le contraire – il est sens dessous dessus. » Toutes les têtes autour de la table s'empressent d'opiner.

« Mais sens dessous dessus… c'est pareil que… ».

Depuis sa place d'honneur, Lucky Strike m'interrompt :

« Quelle est votre spécialité, au juste ? me demande-t-il, une cigarette américaine ramollie collée à sa lèvre inférieure.

– Je suis un spécialiste de l'enfancitude. Étant le seul véritable enfant du Politburo, je vais avoir pour tâche de représenter les intérêts des enfants.

– Et quel est le problème principal auquel les enfants ont à faire face dans notre paradis des travailleurs ? »

Je me tourne pour m'adresser directement au camarade Staline.

« Aujourd'hui, le problème majeur des enfants, c'est l'arrestation de leurs parents. »

Autour de la table un murmure courroucé s'élève. Un des chatons – à ma stupéfaction, il n'est nul autre que le portier de la Maison du quai, en grande tenue d'amiral, épaulettes dorées et tout – recule sur sa chaise, dans un grincement indigné, et s'en va. L'honorable camarade Staline me regarde en fronçant les sourcils.

« Les services de sécurité ont leur domaine de spécialité, dit-il, et nous, au Politburo, avons la nôtre. Les deux n'empiètent jamais l'un sur l'autre. Nous gouvernons le pays, les services de sécurité le protègent des traîtres et des contre-révolutionnaires. L'arrestation des parents, à supposer qu'il y en ait réellement, n'a absolument rien à voir avec les camarades ici présents. »

Le vieux assis à côté de moi se recule sur sa chaise et se lève pour s'adresser à l'honorable camarade Staline.

« Je demande au Secrétaire général d'excuser mon jeune ami, dit-il. Léon, que voici, n'a aucune expérience du protocole du Politburo. » Le vieux me donne encore un petit coup dans les côtes et me murmure en aparté : « Tu sais ce que signifie le mot protocole ? »

Je ne le sais pas mais je n'ai pas l'intention d'avouer mon ignorance devant l'honorable camarade Staline.

Je m'aperçois soudain que le cuisinier ouzbek, avec son nez en pente de ski et ses yeux bridés, est lui aussi un membre du Politburo. Il se lève et pointe un doigt sur moi par-dessus la table.

« Il ne mange pas ses légumes, dit-il d'un ton accusateur. Qu'il demande des légumes ou pas, je me fais toujours un devoir d'en mettre une portion sur son plateau, mais il les pousse sur le côté et les laisse. Les paysans d'Ukraine qui meurent de faim mangent leurs enfants, mais cet enfant-là, qui vit dans le luxe à la Maison du quai, ne mange pas ses légumes. Ce n'est pas soviétique.

– C'est la première chose que je lui ai demandée quand il est arrivé ici, explique le vieux à l'honorable camarade Staline. "Manges-tu tes légumes ?" À sa décharge, il a répondu avec franchise. Il a dit "pas quand je peux éviter". »

Le Secrétaire général n'est pas content de cette dernière recrue du Politburo.

« La franchise ne peut pas le sauver s'il ne mange pas ses légumes, annonce-t-il. S'il est reconnu coupable, sa peine sera des semaines, même des mois pour aller en Sibérie, dans un wagon à bestiaux sans toilettes, et encore moins de cantine. Il sera déporté avec les habits qu'il a sur le dos en ce moment. »

L'idée effrayante de me retrouver dans les steppes glacées de Sibérie, tremblant dans mon bermuda et mon pull à l'envers, suffit à me réveiller. Il me faut un moment pour me rappeler qui je suis et où je ne suis pas. Où je ne suis pas, c'est en Sibérie. Couché dans le lit de ma pièce secrète, j'aspire de grandes goulées d'air dans mes poumons, soulagé de m'apercevoir que ce n'était qu'un mauvais rêve.

Ordinairement, je compte les bienfaits dont je bénéficie sur les doigts de ma main gauche. Après le rêve, j'ai ajouté un doigt de ma main droite. Dieu soit loué, je ne suis pas un membre du Politburo.

Isabeau s'est mise en colère quand je lui ai fait le récit de la réunion du Politburo.

« À mon avis, que je partage plus ou moins, c'était vraiment imprudent, même pour toi. Même en rêve, tu dois faire très attention à ce que tu dis et à qui tu le dis.

– Pour ma défense, quand j'ai dit ça, je ne savais pas que j'étais dans un rêve. Je croyais être un membre du Politburo.

– À ta décharge, en considérant que tu ne pouvais pas savoir que tu étais dans un rêve, alors que tu y étais en réalité, tu as fait preuve d'un sacré courage en parlant de l'arrestation des parents. Le cuisinier ouzbek, un membre du Politburo ! glousse Isabeau. Ça, c'est la meilleure. Et te reprocher de ne pas manger tes légumes devant le camarade Staline ! Comment ça se fait que l'Ouzbek était dans ton rêve et pas moi », a-t-elle soudain demandé, en me regardant d'une drôle de façon.

Il fallait que je réfléchisse dare-dare.

« Dis-toi qu'en t'excluant de mon rêve, je cherchais sûrement à protéger. »

Isabeau a médité quelques instants sur ce que je venais de dire puis elle a hoché la tête pour indiquer qu'elle avait enregistré l'information. Alors, elle a souri d'un sourire délicieusement malicieux, elle s'est penchée et m'a embrassé. Sur la bouche.

C'était la première fois qu'une fille bien réelle m'embrassait sur la bouche. Ça, et la mort de mon père et l'arrestation de ma mère étaient jusque-là les seuls événements marquant de mon existence.

*

Je me souviens d'avoir demandé au vieux, peu après avoir rêvé que je faisais partie du Politburo de Staline, s'il se rappelait ses rêves.

LE VIEUX : Crois-le ou non, je ne dors jamais assez longtemps pour rêver. Les rares nuits où ça m'arrive, je fais sûrement des rêves mais je m'efforce de ne pas m'en souvenir.

MOI : Pourquoi ? De quoi as-tu peur ?

LE VIEUX : Écoute-moi bien, petit, recopie ce que je vais te dire dans ton carnet quand tu rentreras chez toi, ça pourra te servir lorsque tu écriras ma biographie autorisée. Quand j'étais jeune, je me réveillais le matin inondé de sueurs froides et je cherchais à tout prix à réintégrer un rêve dont je ne me souvenais qu'à moitié. Mais en vieillissant – en étant vieux – je me suis aperçu qu'il valait mieux laisser le rêve filer entre mes doigts. On n'est pas obligé de déchiffrer les rêves dans lesquels on ne peut plus revenir. En cela, comme pour la plupart des choses, Staline est mon modèle. Quand il était commissaire de Volgograd, pendant notre guerre civile, il avait décidé de faire un exemple de quelques douzaines d'officiers blancs russes capturés – il donna l'ordre à nos soldats de leur lier les poignets et les chevilles, de les embarquer sur des péniches et de les pousser dans la Volga. J'ai entendu Staline ressasser cet épisode. Je l'ai entendu dire qu'il lui fallait l'évacuer de ses rêves pour ne pas devenir fou.

Le vieux a allumé une Herzegovina Flor à celle qu'il venait de fumer presque jusqu'au bout, au risque de se brûler les lèvres.

KOBA : Dans la tête, l'ai-je entendu murmurer, nous purgeons tous une peine à perpétuité pour des crimes que nous ne nous rappelons pas avoir commis.

J'ai recopié cette phrase dans mon carnet, dès mon retour à la maison. Je la relis de temps en temps, sans comprendre vraiment ce qu'elle veut dire. Un jour peut-être je comprendrai. Ou peut-être pas.

Un soir, les gardes debout autour de l'échiquier m'aperçurent alors que je traversais la salle de bal. Le chef en civil me foudroya du regard, comme si j'étais un cambrioleur, et il marmonna quelque chose comme quoi je devais attendre en bas parce que le vieux était en réunion avec le Politburo, dans son appartement. Le Politburo, rien que ça ! c'était la preuve, si jamais j'avais eu un doute – ce qui n'était pas le cas – qu'il aidait vraiment l'honorable camarade Staline à diriger le pays. Pour meubler l'attente, ils me proposèrent de jouer les noirs mais je n'avais pas l'esprit au jeu et je fus victime d'une attaque mortelle lancée par la tour du roi blanc, ce qui arracha à mon adversaire, le chef en personne, une grimace de satisfaction au moment où il me balayait de l'échiquier. J'étais sur le point de concéder le nul quand la porte s'ouvrit, en haut de l'escalier métallique en colimaçon, laissant apparaître une douzaine d'hommes qui sortirent en rangs d'oignon. Les gardes, y compris mon adversaire, se mirent au garde-à-vous sur leur passage et je me dis que ce devait être d'importantes personnalités. J'en reconnus un à cause d'une affiche que j'avais vue dans le métro – il s'appelait Nikita je-ne-sais-plus-comment, c'était un héros de l'Union soviétique qui avait supervisé la construction de notre extraordinaire métro moscovite. Un petit bonhomme avec un monocle plaqué sur un œil m'adressa un signe de la tête. Celui-là aussi je le connaissais, c'était lui qui avait épinglé la médaille sur la robe de ma mère après la mort de mon père. Quand j'ai pu enfin monter l'escalier, j'ai trouvé le vieux penché sur son bureau en train de verser, à l'aide d'une pipette, des gouttes dans un verre d'eau.

LE VIEUX murmurant : Huit, neuf, dix.

MOI : Tu as des ulcères ou quelque chose de ce genre ?

Je connaissais les ulcères parce que mon père s'était plaint d'ulcères avant son empoisonnement par irradiation. Ma question innocente semblait ennuyer Koba.

LE VIEUX : Je n'ai pas d'ulcère. J'en donne.

Il a renversé la tête en arrière et avalé la mixture en plusieurs longues gorgées.

KOBA, grimaçant : Berk. Ce que c'est mauvais. Ce n'est pas un médicament, c'est un traitement. Les paysans des montagnes de l'Abkhazie, qui fait partie de ma Géorgie natale, vivent très vieux parce qu'ils boivent deux fois par jour un grand verre de l'eau pure des montagnes additionnée d'une dose de teinture d'iode. Chaque jour, on expédie donc au Kremlin des bouteilles de cette eau qui provient de la fonte des glaciers, au sommet du Caucase. Il y a en Abkhazie une femme dont on dit qu'elle a cent vingt-neuf ans et un homme qui se targue d'être encore plus âgé qu'elle, et qui l'a demandée en mariage. Staline vient tout juste de signer une lettre de félicitations pour son cent trentième anniversaire. Je lui envie ses érections, à supposer qu'il en ait encore.

MOI : Si tes médecins trouvent que ce traitement à l'iode est si efficace, je pourrais peut-être l'essayer.

LE VIEUX : Je n'ai pas confiance dans ces putains de médecins. Je n'ai pas confiance dans leurs putains d'hôpitaux non plus. (Il a glissé un ongle dans une de ses oreilles pour en récolter la cire.) Est-ce que tu as entendu parler du flux sanguin et du feu de saint Antoine ? D'après moi, le plus stupide des paysans en sait dix fois plus que le plus capable des médecins. Ma sainte mère, Keke, croyait que l'ail pouvait guérir sept maladies, c'est pourquoi je porte à ce jour un collier de gousses autour du cou. Keke m'a enseigné qu'on avait quatre humeurs dans le corps. C'est quand elles se dérèglent qu'on tombe malade.

Je me suis demandé ce que ma mère aurait répondu si je lui avais dit que l'ail guérissait sept maladies ou que le corps renfermait quatre humeurs, quelles qu'elles fussent.

MOI : Comment peut-on savoir s'il y a un dérèglement ?

LE VIEUX : Tu regardes ton urine. Moi, je pisse toujours dans une bouteille à lait pour pouvoir examiner sa couleur et sa consistance.

MOI : Et s'il y a un dérèglement ?

LE VIEUX : Généralement, de petites doses de camphre remettent les choses en place. Les lavements sont excellents en cas de constipation chronique. La graisse de hérisson soigne les lumbagos. Tout le monde sait que l'application de sangsues soulage les rhumatismes articulaires.

MOI : Où est-ce qu'on trouve des sangsues à Moscou ?

LE VIEUX : Je me les fait envoyer par avion des marais de Vasiougan, près de Tomsk, en Sibérie. Ces sangsues sont de petites garces assoiffées (a-t-il ajouté avec un rire contenu). Tu poses beaucoup de questions pour un gamin. Tu envisages d'être médecin quand tu seras adulte ?

MOI : Je ne suis pas sûr d'arriver un jour à l'âge adulte (me suis-je entendu répondre et j'ai su aussitôt que c'était mon intime conviction). Si par un tour de passe-passe je réussis à survivre à l'enfance, j'ai l'intention de travailler à la chose sur laquelle Einstein a séché, c'est-à-dire sur une théorie des champs unifiés qui expliquerait la relativité, l'électromagnétisme, la gravitation et la mécanique quantique. J'envisage de découvrir comment cet étrange univers où nous nous trouvons a évolué, après le big bang, à partir d'un taux de compression ultra élevé où toutes les galaxies étaient entassées dans un espace pas plus grand qu'une boule de camphre.

LE VIEUX : Tu es vraiment un petit malin. Où as-tu appris tout ça ? À l'école ?

MOI : On n'enseigne pas ce genre de choses à l'école, Koba, pas aux enfants, en tout cas. Je sais tout sur la relativité, la physique des particules, la géométrie non euclidienne, de la même façon que les bébés apprennent à parler russe. C'était dans l'air que je respirais à la maison. C'était dans les livres que mon père me rapportait pour que je les lise, à commencer, quand j'avais huit ans et demi, par la *Physique* d'Aristote. J'ai appris l'américain tout seul et je viens de me mettre à l'arabe. Une fois que j'ai lu quelque chose je ne l'oublie pas. Jamais. Je connais le nom de tous les os du corps humain. En ce moment je lis un bouquin sur les fourmis. Il y est dit que le cerveau des fourmis se compose d'une fibre unique mais que deux fourmis encerclant un papillon mort ressemblent terriblement à une idée. Mon père disait que deux bombardiers encerclant une ville ressemblaient à une idée qui a mal tourné, mais ça, c'est une autre histoire. Mon père m'a dit un jour que, au rythme où j'allais, je pourrais poser ma candidature à l'université de Moscou quand j'aurai treize ans. Eh oui, si j'arrive jusqu'à treize ans, j'aimerais beaucoup entrer à l'université. Les filles qui y vont ont sûrement presque toutes de la poitrine.

LE VIEUX : Quand j'avais ton âge, la seule chose qu'il y avait dans l'air, à la maison, c'était l'odeur de vodka dégagée par l'haleine de mon père et une odeur de cuir, dans son échoppe de cordonnier. Il a fermé un œil et m'a considéré avec l'autre. J'ai eu la sensation glaçante qu'il me visait. Qu'est-ce qui te fait croire que tu ne deviendras pas adulte ?

MOI : Ma mère a été arrêtée. Le bruit court que les enfants des personnes arrêtées sont arrêtables.

LE VIEUX : Pourquoi t'a mère a-t-elle été arrêtée ? a demandé le vieux, soudain très intéressé.

MOI : Je ne sais pas. Quand ils l'ont arrêtée, ils ne l'ont pas dit.

LE VIEUX : Tu étais là quand on l'a arrêtée ?

MOI : En quelque sorte. Je les ai vus fouiller l'appartement. Je les ai vus l'emmener.

Une lumière s'est allumée dans son œil ouvert. Ses narines ont frémi, comme s'il reniflait une contradiction.

LE VIEUX : Comment s'appelle ta mère, petit ?

MOI : Rozental, Anastasia Andreevna Rozental.

*

« Très bien. Calme-toi et raconte-moi exactement ce que tu as dit à ton vieux ? m'a ordonné Isabeau.

– Donc, tu me crois, tu crois que je parle avec ce vieux qui aide l'honorable camarade Staline à diriger le pays ?

– Tu ne réponds pas à ma question.

– Tu ne réponds pas à la mienne.

– Admettons, pour simplifier, que ton vieux ne soit pas le produit de ton imagination.

– Oui, admettons. » J'avais, au creux de l'estomac, l'atroce sensation qu'Isabeau pensait peut-être que j'avais trahi ma mère. « Il voulait savoir comment s'appelait ma mère.

– Et tu le lui as dit ?

– J'ai pensé qu'il pouvait peut-être m'aider.

– Et il pouvait ? Il peut ? Il l'a fait ? »

Je dois avouer qu'à cet instant j'ai eu l'impression d'être sur le point soit d'éclater en sanglots, soit de m'évanouir.

« La fois suivante où je l'ai vu…

– C'était quand ?

– Il y a deux jours. Il m'attendait, assis sur une marche, en bas de l'escalier en colimaçon, les deux mains serrées autour de son verre de lait chaud. Sur sa vareuse il y avait des miettes du *churek* qu'il était en train de grignoter. Les quatre policiers étaient debout, le dos tourné au mur sur lequel étaient appuyés leurs fusils.

– Et ?

– Et il m'a dit…

– Allez, Léon, accouche.

– Il m'a dit que personnellement, tout comme l'honorable camarade Staline, il n'avait en principe aucun contact avec les services de sécurité, mais qu'il avait fait une exception pour moi. Il m'a dit qu'il avait téléphoné à quelqu'un qui connaissait quelqu'un qui travaillait au département des archives du NKVD. Et que ce quelqu'un avait cherché le nom de ma mère et…

– Et ?

– Qu'elle avait avoué.

– Oh, mon Dieu, Léon ! Avoué quoi ?

– D'avoir conspiré avec d'autres médecins de l'hôpital du Kremlin pour nuire au camarade Staline, ainsi qu'à d'autres membres du Politburo.

– Nuire comment ? Comment ça, nuire ?

– Le vieux n'a pas dit nuire. Il a dit… tuer. Ou peut-être assassiner. Ou empoisonner.

– Qu'est-ce que tu as dit quand il a dit ça ?

– J'ai… j'ai ri.

– Quoi ?

– Je ne savais pas quoi dire. Alors j'ai ri. Et quand les quatre types appuyés contre le mur m'ont entendu rire, ils ont ri. Et quand le vieux les a entendus rire, il a ri aussi. Et on a tous ri parce que… parce que ma mère avait avoué vouloir empoisonner le camarade Staline.

– Comment as-tu pu rire d'une chose pareille ? »

Me connaissant, je suis pratiquement sûr que j'ai haussé les épaules.

« C'était soit rire, soit fondre en larmes. Et je ne voulais pas que tous ces adultes me voient pleurer et se disent, mais bien sûr, ce n'est qu'un enfant, après tout. »

6

Où Isabeau envisage la possibilité que le petit dise peut-être la vérité

Extrait du carnet de Léon :

MOI : Mon père et ma mère m'ont élevé dans l'amour du pouvoir soviétique.

LE VIEUX : Aimer le pouvoir soviétique ne suffit pas. Il faut que le pouvoir soviétique t'aime. (Il soulève sa chemise de nuit et se met à récolter les peluches accumulées dans son nombril, histoire de mettre de l'ordre dans ses idées embrouillées.) Écoute-moi bien, petit, retiens ce que je vais te dire, note-le en rentrant chez toi. « Une chaîne n'est jamais plus solide que son maillon le plus faible » (c'est ce qui a résulté de sa méditation, quand il s'est trouvé à court de peluches).

MOI : Tu peux répéter ça ?

LE VIEUX : Non.

Je me dis que son « il faut que le pouvoir soviétique t'aime » et son « une chaîne n'est jamais plus solide que son maillon le plus faible » ont un rapport, mais je ne vois pas lequel. Pas encore.

*

Il va donc falloir que j'y aille, même si ça me plonge dans l'embarras. Voilà ce qui se passe : je commence à croire que l'histoire de Léon concernant ses causettes avec un vieux habitant au-dessus d'un hangar à avions est peut-être, pourrait être, comment dire ? le factuel par opposition au fictif. Il m'a donné tellement de détails que même Léon, qui est réputé parmi les enfants de la Maison du quai pour son imagination délirante – il croit que le portier de l'entrée est en réalité un amiral de la marine soviétique –, n'aurait pu les inventer. Comment Léon pourrait-il connaître le nom de la compagne de l'honorable Vladimir Lénine ? Comment pourrait-il même savoir qu'il avait une compagne et qu'elle était française ? Il n'a pas pu inventer l'histoire de sa mère avouant avoir tenté d'empoisonner le Secrétaire général Staline. Et puis d'où viennent ces paquets de roubles attachés par des élastiques ? Comment les aurait-il eus, si ce n'est par ce vieux qui habite au-dessus du hangar à avions et qui les lui a donnés ? Allez savoir. Et puis il y a toutes ces précisions concernant le camarade Staline et la Grande Guerre patriotique. Comment aurait-il eu connaissance de toutes ces choses, sinon grâce à ce vieux qui aide le camarade Staline à diriger le pays ?

D'aussi loin que je me souvienne, la Grande Guerre patriotique a toujours été l'objet des conversations dans ma famille, ce qui est logique vu que mon père était un historien spécialisé dans ce sujet. Sa thèse de doctorat, soutenue à l'université de Moscou où il était titulaire d'une chaire d'enseignement alors qu'il n'avait que trente-six ans – Antifascisme précoce : Comment l'hypocrisie capitaliste a tenté d'entraîner Joseph Staline dans la guerre contre Hitler, au moment du pacte de non-agression germano-soviétique de 1939 *–, fut publiée sous forme de livre un an avant son arrestation et, euh, son exécution comme espion britannique. (Curieusement, des exemplaires sont* *encore en vente aujourd'hui dans deux librairies de Moscou où je suis allée avec ma mère avant qu'*elle *ne soit arrêtée. Elle en avait acheté un pour un ami mais les imperméables ont arrêté le livre en même temps qu'elle avant qu'elle ait pu le lui offrir.) Tout ça pour dire que, bien que je n'aie que 3 997 jours, à savoir onze ans, un mois et quatre jours, pour parler comme les adultes, les histoires concernant la Grande Guerre patriotique m'ont toujours fascinée. Dès sept ans, j'étais capable de raconter la bataille de Stalingrad du début à la fin. À neuf ans, j'ai pondu un essai sur la tactique soviétique durant les grandes batailles de chars dans la steppe de Kursk. Un de mes plus anciens souvenirs, on était en 1945, je n'avais que trois ans à l'époque, c'est quand mon père m'a emmenée voir les soldats de notre glorieuse Armée rouge défiler sur la place Rouge pour fêter la capitulation de l'Allemagne. J'ai cette image dans la tête où je les vois en train de jeter au pied du tombeau de Lénine des dizaines et des dizaines de drapeaux pris à l'ennemi nazi, tandis que le camarade Staline – mon père me l'a montré du doigt, petite silhouette enveloppée dans une capote militaire, dans la tribune d'honneur – agitait la main pour les féliciter.*

Voici un certain nombre de précisions que le vieux a fournies à Léon, concernant le camarade Staline et la Grande Guerre patriotique :

1. Hitler projetait d'envahir l'Union soviétique à la mi-mai 1941 – il avait choisi un moment où les paysans russes auraient terminé leurs semailles mais où les céréales ne seraient pas encore assez mûres pour qu'on y mette le feu, de manière que les Allemands puissent confisquer les récoltes éventuelles. Mais Hitler fit l'erreur grossière de s'attaquer d'abord à la Grèce et à la Yougoslavie, ce qui retarda son offensive contre l'Union soviétique de cinq précieuses semaines, permettant à l'hiver de s'installer avant que ses divisions aient le temps d'arriver à Moscou. Heureusement pour nous, l'hiver russe était prêt pour affronter la Wehrmacht, alors que la Wehrmacht n'était pas prête à affronter l'hiver russe. Ils n'avaient pas de graisse pour leurs fusils et leurs chars. Les soldats soviétiques avaient reçu des bottes deux fois trop grandes pour qu'ils puissent les bourrer avec des journaux. Les soldats allemands avaient reçu des bottes adaptées à leurs pieds teutons, raison pour laquelle des milliers d'entre eux eurent des engelures et qu'il fallut amputer des dizaines de milliers d'orteils.

2. Hitler avait massé cent quatre-vingt-six divisions en vue de son attaque contre l'Union soviétique. Selon le vieux de Léon, les généraux soviétiques avaient supplié Staline de protéger les frontières, ce qui aurait exigé de faire appel aux réserves russes dès le début du conflit. Mais le camarade Staline qui, toujours d'après le vieux de Léon, prétendait connaître la stratégie militaire mieux que ses généraux, décida de recourir au plan conçu par le maréchal borgne Koutouzov pour écraser Napoléon quand celui-ci, lui aussi, commit l'erreur fatale d'envahir la Russie. Koutouzov avait donné l'ordre à ses armées de se replier devant Napoléon, de manière à l'attirer de plus en plus loin à l'intérieur de la Russie, ce qui rendit les lignes de ravitaillement de plus en plus longues. Le camarade Staline fit payer chèrement aux Allemands chaque village qu'ils avaient pris à mesure qu'ils progressaient à l'intérieur de l'Union soviétique, mais il garda obstinément ses réserves de côté – et ce furent ces divisions de réserve qui inversèrent la situation quand l'hiver russe s'installa. Contrairement à Napoléon, Hitler n'entra jamais dans Moscou.

3. Le vieux a été jusqu'à justifier la décision du camarade Staline de signer, en 1939, le pacte de non-agression avec Ribbentrop, le ministre des Affaires étrangères de Hitler, parce que cela laissait du temps pour lancer la fabrication du nouveau char supérieur aux Panzers allemands, du temps pour mettre au point un nouvel avion de combat capable de damer le pion à n'importe quel appareil que la Luftwaffe pourrait lui opposer. (Le vieux avait glissé un petit détail intime dans cette histoire, à savoir que Staline parlait toujours de Ribbentrop en utilisant le surnom que Hitler avait donné à son ministre des Affaires étrangères : le petit représentant en champagnes.*) Le pacte de non-agression apporta une bouffée d'oxygène à l'Union soviétique – déplaçant la frontière soviétique de plusieurs centaines de kilomètres à l'intérieur de l'Europe, ce qui mettait Leningrad plus loin à l'intérieur du territoire soviétique.*

Moi qui suis la fille de mon père, je peux dire que toutes ces précisions sonnent juste, mais ce ne sont pas des choses que mon cher ami Léon – qui est, je suis la première à le reconnaître, très capable quand il s'agit d'expliquer la relativité d'Einstein et la mécanique quantique – serait capable d'inventer.

Ce qui fait du vieux qui habite au-dessus du hangar un être de chair et de sang, n'est-ce pas ?

Peut-être.

7

Où le petit essaie d'apprendre au vieux à jouer aux échecs

Extrait du carnet de Léon :

Le vieux : Je vais te confier un secret d'État, petit. Un excès de paix et de calme donne la migraine à Staline, ça lui rappelle les moments où son père était trop saoul pour parler à sa mère et où sa mère était trop en colère pour lui répondre si jamais il lui parlait. C'est pourquoi il se sent personnellement obligé de meubler les conversations. En de très rares occasions, on l'a vu s'en tirer par une blague. (Crachant un rire) Il en a raconté une bien bonne l'autre soir, je dois reconnaître qu'il a fait mourir de rire ses chatons. Le plus drôle c'est que Staline a raconté une blague à propos de Staline.

Moi : Je croyais que c'était contraire à la loi de raconter des blagues sur l'honorable camarade Staline.

Le vieux : Absolument. Mais on fait une dérogation si la personne qui raconte la blague sur Staline est Staline. Tu veux que je te la raconte ou pas, petit ?

Moi : Si c'est contraire à la loi de raconter des blagues sur Staline, je suppose que ça l'est aussi d'écouter une blague sur Staline.

Le vieux : Vu que tu n'es qu'un enfant, tu bénéficies de la dérogation toi aussi. Voilà : La vieille mère de Staline vient lui rendre visite au Kremlin et il lui fait visiter son appartement – il y a huit pièces, dont une sur deux dispose d'un poêle en céramique, il y a trois salles de bains avec eau chaude et toilettes à chasse d'eau, il y a des domestiques qui font les lits et servent les repas, il y a même un sauna. Sa vieille mère n'est pas impressionnée. Staline l'emmène alors dans sa maison sur les collines Lénine – il y a quatorze pièces, équipées chacune d'un poêle en céramique et des domestiques si nombreux qu'ils ont une cuisine rien que pour eux, il y a le chauffage central, un jacuzzi américain dans la salle de bains et un cinéma de vingt places au sous-sol. Sa mère n'est pas impressionnée. Du coup il l'emmène en hélicoptère dans sa datcha de la forêt de Kountsevo qu'il appelle la datcha proche, parce qu'il a d'autres datchas plus éloignées de Moscou, et il lui fait faire le tour de la propriété dans sa Cadillac américaine. Il y a cent hectares de prés et de bois autour d'une rivière qui serpente, il y a vingt chambres dans la maison principale, y compris un cinéma de soixante places, il y a des piscines chauffées intérieures et extérieures, il y a le chauffage central en hiver et la climatisation l'été, la cuisine est équipée d'un comptoir américain en formica et d'une chambre froide. Sa mère, toujours pas impressionnée, le met en garde : « Et si les Rouges arrivaient, mon fils ? » Dis, comment ça se fait que tu ne ris pas, petit ? Tu n'as pas compris ? Et si les Rouges arrivaient ? C'est nous, les Rouges, bon dieu ! Nous sommes déjà arrivés.

MOI : Je me demande, en pensant à la blague du camarade Staline, si on peut en rire.

*

MOI : Non, non, pas comme ça, combien de fois faudra-t-il que je te dise que le fou ne peut pas sauter par-dessus un pion, comme un cavalier. Il faut écarter d'abord le pion de son chemin pour faire intervenir le fou.

KOBA : Le fou se déplace en diagonale une case à la fois ?

MOI : En diagonale et d'autant de cases qu'on le veut.

KOBA : Je croyais que la reine se déplaçait en diagonale et d'autant de cases qu'on le veut.

MOI : C'est ça. Elle se déplace comme un fou, si elle le veut. Elle se déplace aussi comme la tour, de côté ou en avant et en arrière. Et d'autant de cases qu'elle le veut.

KOBA : La reine est donc à la fois une tour et un fou. Peut-elle aussi se déplacer comme un cavalier ?

MOI : Si on faisait une pause ?

Le vieux, les lèvres pincées, les yeux plissés, examinait toujours l'échiquier, l'air contrarié. S'il avait pu les massacrer, les pièces chinoises seraient mortes.

KOBA : J'en ai marre (a-t-il maugréé dans sa barbe). Je comprends mieux comment les rois, les reines et les fous capitalistes se déplacent dans toute l'Europe que la façon dont ces pièces aux yeux bridés se déplacent sur l'échiquier.

J'avais réquisitionné les pièces en ivoire chinoises des gardes du corps du hangar et j'essayais d'apprendre au vieux les bases du jeu – comment se déplacent les pièces, comment profiter de leurs particularités pour concentrer ses forces et monter une attaque, comment sacrifier un pion ou un cavalier pour tendre un piège, comment se replier derrière une phalange de pions pour bâtir une défense. Peut-être les échecs lui rappelaient-ils la Sibérie, peut-être avait-il une dent contre les Chinois, peut-être était-ce simplement de la lenteur d'esprit, peut-être tout cela à la fois. À l'évidence, les échecs n'étaient pas sa tasse de thé.

Valechka est entrée avec une coupe de crème glacée pour moi et un verre de lait chaud pour le vieux. Je suis bien obligé de dire qu'en buvant sa main tremblait et qu'il a renversé du lait sur sa vareuse. J'ai feint de ne pas le remarquer. Je piochais dans ma glace et, histoire de dire quelque chose, je lui ai demandé s'il avait pratiqué un sport quelconque.

KOBA, grommelant : Tes parents ne t'ont pas appris qu'on ne doit pas parler la bouche pleine ?

VALECHKA : Si tu continues à embêter ce jeune homme, Joseph, il ne voudra plus revenir. (On aurait dit ma mère quand elle disait à mon père de ne pas être trop dur avec le petit.) En sortant, Valechka m'a lancé par-dessus son épaule : Ne fais pas attention, c'est un vieux ronchon qui vit dans sa bulle.

Le vieux lui a adressé un signe de la main et a tapoté sa montre du bout de l'ongle. Elle a hoché la tête en souriant.

KOBA, se retournant vers moi : Pour répondre à ta question, a-t-il repris. Si tu estimes que cambrioler les banques est un sport, je peux dire que j'en ai fait. De mon temps, la Géorgie ressemblait à l'Ouest américain. J'attachais un cheval à une grille derrière une banque, puis je grimpais sur la selle et coupais les fils téléphoniques avant de faire irruption par la porte de derrière avec un de mes superbes revolvers à manche de nacre dans chaque main. Oh, tu aurais dû voir l'expression terrifiée des caissiers ! Ils retiraient vite les billets du coffre pour les enfourner dans des sacs postaux et je m'enfuyais au grand galop, avant même que les gendarmes ventripotents du tsar se soient aperçus que les fonds de la banque avaient été libérés.

MOI : Mais non, voyons, je parlais de vrais sports, comme le foot, la lutte ou le saute-mouton.

Je vois encore le vieux suçoter sa cigarette d'un air pensif, avant de reprendre.

KOBA : Un jour, quand j'avais cinq ou six ans, il y avait eu un concours de pyramides entre Gori, où j'habitais, et Bakou. Les concurrents avaient des habits de couleur différente, Gori était en rouge et Bakou en vert. L'idée, c'était de construire une pyramide humaine avec les plus costauds à la base, puis ceux qui l'étaient un peu moins grimpaient sur leurs épaules et ainsi de suite, jusqu'à ce que la pyramide soit haute de cinq étages. Alors, moi qui étais le plus léger et le plus agile des enfants de la ville, j'ai escaladé la pyramide en mettant le pied dans les ceintures et sur les épaules des autres, pour arriver tout en haut. J'étais le sixième étage. J'étais debout tout là-haut, les bras levés au-dessus de ma tête, et toute la ville m'a acclamé. Je dois dire que je jubilais de me trouver au sommet de la pyramide.

À ce moment-là, il a dit, en se parlant davantage à lui-même qu'à moi, quelque chose qui n'avait guère de sens, mais que je rapporte tout de même : « Je jubile toujours de me trouver au sommet de la pyramide. »

J'ai ce souvenir du vieux, un soir, en train de se plaindre de ne pouvoir trouver le sommeil. Il m'expliquait qu'il dormait sur le côté du cœur, un remède de bonne femme dont sa mère prétendait qu'il fatiguait le cœur et aidait à s'endormir, sauf que le sommeil, quand enfin il venait, ne lui apportait qu'un méli-mélo de cauchemars enchevêtrés, et il a marmonné quelque chose signifiant qu'il préférait encore les mauvais rêves nocturnes aux cauchemars diurnes. Je lui ai donc demandé de m'expliquer la différence entre les deux. J'ai eu l'impression qu'il avalait ma question comme si c'était quelque chose qu'il devait digérer avant de pouvoir trouver une réponse.

LE VIEUX : Les cauchemars, quand on se réveille, pfft, ils sont derrière toi, même si ton pyjama est encore tout mouillé de sueur. Avec les cauchemars diurnes, il n'y a pas de « pfft », il faut vivre avec, chaque heure de chaque jour.

Puisque le vieux était un des proches camarades de l'honorable camarade Staline, je lui ai demandé si l'honorable Secrétaire général avait des difficultés à trouver le sommeil, à cause du poids du monde qui pesait sur ses épaules et tout ça. J'ai noté dans mon carnet ce que j'ai pu retenir de sa réponse.

LE VIEUX : Les cauchemars diurnes et nocturnes de Staline sont à peu près les mêmes. La nuit, il rêve qu'il est cerné par des juifs – rappelle-toi que le mouvement socialiste russe grouillait d'intellectuels juifs –, et lorsqu'il se réveille, toujours avant l'aube, il est de nouveau cerné par des juifs. Les premiers temps après la révolution, il y avait Trotski, dont le nom juif était Bronstein, il y avait Zinoviev, dont le nom juif était Apfelbaum, il y avait Kamenev, qui s'appelait en fait Rosenfeld, il y avait Lazar Kaganovitch que nous appelions, même devant lui, Kosherovitch. C'était l'avant-garde du complot juif international. Ce type qui a écrit *Le manifeste du parti communiste*, l'illustre Karl Marx, c'était le petit-fils d'une saloperie de rabbin. Svetlana, la fille de Staline, a été déflorée par un acteur juif, alors qu'elle avait seize ans, et lui quarante et quelques. Après que Staline lui eut collé dix ans de Sibérie, elle s'est trouvé un autre amant juif, sauf que celui-là, elle l'a épousé. Par chance, le mariage n'a pas duré longtemps. Le fils de Staline, Iakov, a épousé une juive prénommée Ioulia, il avait tenté de l'en dissuader, mais Iakov était aussi têtu que son père quand il avait quelque chose dans la tête et puis, en définitive, un homme aime la femme qu'il aime. Je dois reconnaître que cette juive avait du tempérament avec sa façon de danser, la tête renversée en arrière et ses gros seins qui ballotaient sous sa blouse de paysanne. Staline a fini par comprendre qu'il n'y avait rien à faire pour ces juifs qui lui gâchaient ses nuits, sauf de dormir moins, mais il résolut de les éliminer de ses cauchemars diurnes. Les paysans ont un proverbe qui dit : « De petits coups abattent de grands chênes ! » Trotski, avec sa barbiche de démon, fut le premier grand chêne à tomber. Il ne fut pas invité aux funérailles de Lénine, ses laquais furent discrètement expulsés du Parti, il finit lui-même par être expulsé du pays et il se réfugia au Mexique où il pensait être à l'abri du long bras de Staline – jusqu'à ce qu'un agent des forces spéciales du NKVD lui plante un piolet dans le crâne. Ha ! Trotski avait eu le toupet de calomnier Staline, le qualifiant de fossoyeur de la révolution. Staline était un fossoyeur, en effet, mais la tombe qu'il avait creusée était celle de Trotski ! Lequel ne manquait pas de compagnie dans le cimetière bolchévique. Quand Zinoviev et Kamenev furent arrêtés, c'était dans les années trente, Staline les reçut personnellement et leur promit de leur laisser la vie sauve s'ils confessaient leur trahison à l'occasion d'un procès public. Ces salauds voulaient qu'il mette sa promesse par écrit. « Est-ce que vous êtes en train de dire que vous ne me faites pas confiance ? » leur demanda alors Staline. Si le juge les a condamnés à mort, malgré leurs aveux et la promesse de Staline, ce n'était évidemment pas la faute de Staline, qui était un simple camarade au service du Parti, un parmi tant d'autres, et il n'avait rien à voir dans la façon dont tournaient les roues de la justice. Les cauchemars de Staline parvinrent à la connaissance des services de sécurité. Croyant se bien faire voir de lui, ils allèrent jusqu'à arrêter les épouses juives de deux chatons du Politburo, Molotov et Vorochilov. Pour paraphraser les paysans, les dames en question étaient coupables jusqu'à ce qu'on ait fait la preuve de leur innocence. La triste vérité, c'est que Staline a toujours considéré les juifs russes comme une cinquième colonne. Tu sais ce que veut dire cinquième colonne, petit ? Ça vient de la guerre civile espagnole et fait référence aux traîtres qui habitent dans ton camp mais qui s'apprêtent à se révolter et à te frapper dans le dos. Je vais te confier un petit secret d'État, ne le répète à personne, vivant ou mort. Le Secrétaire général pensait que Hitler avait raison avec son modèle *libre de juifs*. Il n'est donc pas surprenant que Staline soit en train de mettre au point un plan du même genre. Il va déporter les juifs, la totalité de ces deux millions d'enfoirés, au Birobidjan, au fin fond de la Sibérie, près de la frontière chinoise. Il juge que ce sera plus facile d'avoir à l'œil ces saboteurs idéologiques s'ils sont tous réunis dans le même panier. Ces satanés sionistes ont des éjaculations nocturnes quand ils rêvent d'une nouvelle Galilée. Staline va leur en offrir une à huit mille kilomètres de Moscou. Le nationalisme juif, autre nom du sionisme, est à la base de tout – gratte un juif, tu trouveras un sioniste, gratte un sioniste, tu trouveras un espion britannique. Retiens bien ça, petit : les juifs russes ne font pas allégeance à Staline et à l'Union soviétique, ils font allégeance à je ne sais quelle maudite terre sainte désolée, perdue au milieu d'une mer d'Arabes. Ce n'est pas une coïncidence si ces mêmes sionistes veulent récrire l'histoire de la Grande Guerre patriotique. Ils prétendent que les Allemands ont assassiné des juifs, alors que quiconque prend la peine de considérer le soi-disant Holocauste de façon dialectique, sait que les Allemands ont assassiné des Russes, dont quelques-uns se trouvaient être juifs. Dernièrement, les services ont arrêté des médecins juifs de l'hôpital du Kremlin. Ils faisaient partie d'un complot sioniste pour assassiner des dirigeants soviétiques, à commencer par Staline lui-même ! Ha ! Tiens, en parlant de cauchemars, Staline a vu un jour l'acteur juif Solomon Mikhoels dans le rôle du roi Lear. Un journaliste a écrit que Mikhoels ne jouait pas Lear, il *était* Lear. Il se trouve que j'étais au théâtre avec Staline, ce soir-là. J'ai vu Mikhoels devenir Lear, ou plus exactement j'ai vu Lear devenir Staline. Staline n'est pas aveugle. Lui aussi a vu Lear devenir Staline et ça ne lui a pas plu, parce que Staline ne se voit pas en Lear, ce despote cinglé qui commet l'erreur stupide de renoncer trop tôt au pouvoir. Il se voit en Pierre le Grand. Il se voit en Ivan Grozny, le premier tsar de Russie connu dans le monde sous le nom d'Ivan l'Effroi. Il se voit en Gengis Khan, entraînant ses hordes mongoles hors de l'Asie, à travers le désert de Karakoum pour conquérir Urgench, au Turkménistan. Bien qu'on puisse se demander pourquoi diable Gengis Khan voulait s'emparer d'Urgench. J'ai passé sept mois dans ce trou perdu à me cacher de la police du tsar, je peux te dire qu'il y avait des jours où j'aurais préféré une prison en Sibérie. À propos de coïncidence, j'ai entendu dire que nos tchéquistes avaient retrouvé le corps de Mikhoels dans une congère, à Minsk, peu de temps après que Staline l'eut vu se transformer en Staline. Apparemment cet acteur juif est mort écrasé par un camion.

8

Où le petit se mesure au roi du Mikado de Gori

Extrait du carnet de Léon :

MOI : Je t'envie.

LE VIEUX : Pourquoi, au nom du ciel, m'envierais-tu, petit ?

MOI : Premièrement, tu habites dans une sorte de forteresse. Les fenêtres sont placées tout en haut du mur, la porte d'entrée est renforcée avec des plaques de métal vissées à l'intérieur, l'escalier en colimaçon est le seul moyen d'entrer et de sortir. Quand ils ne jouent pas aux échecs, les quatre gardes, en bas de l'escalier, s'assurent que personne ne viendra te faire du mal. Je t'envie d'être en sécurité.

LE VIEUX : Ha ! Tout bien considéré, c'est vraiment drôle. Je ne suis jamais en sécurité. Ni ici. Ni ailleurs. Je ne sais plus qui a écrit quelque chose disant que les états-nations n'ont pas d'amis permanents, seulement des ennemis permanents. Du plus loin que je me souvienne, il y a toujours eu quelqu'un prêt à me faire du mal si jamais je baissais la garde un seul instant.

MOI : Ça t'est arrivé ? De baisser la garde un seul instant ?

LE VIEUX, perdu dans ses souvenirs : Une fois. Il y a très longtemps. Pendant que j'avais la tête tournée, son connard de frère lui a donné un pistolet allemand. Elle l'a chargé et elle s'est assassinée.

MOI : Comment peut-on s'assassiner soi-même ? Je ne comprends pas.

LE VIEUX : Elle s'est tiré une balle dans la poitrine, là où son cœur aurait dû se trouver si elle avait eu un cœur. Elle s'est assassinée pour me punir, la garce. Et ça a marché – les chatons de Staline chuchotent dans mon dos que c'est moi qui ai pressé sur cette maudite détente.

Hier soir, j'ai trouvé le vieux dans la salle de bains, la porte était grande ouverte et c'est pour ça que je l'ai vu en passant. Il était en maillot de corps, devant la glace de l'armoire à pharmacie et, inclinant la tête d'un côté et de l'autre, il se rasait avec un coupe-chou. Le crissement de la lame sur sa peau m'a rappelé le temps où je regardais mon père se raser. Le vieux m'a aperçu dans le miroir.

LE VIEUX : Tu te rases déjà, petit ?

MOI : On voit bien que tu n'y connaîs pas grand-chose en enfants. Voyons, j'ai seulement dix ans et demi et des poussières. Je suis trop jeune pour me raser ; je suis également trop jeune pour aller à l'université, pour fumer des cigarettes, pour me masturber ou avoir des rapports sexuels.

Il a ouvert le robinet, rincé les traces de crème à raser qui subsistaient sur son visage, puis l'a essuyé avec une serviette, tout en sortant de la salle de bains.

LE VIEUX : Tu ne vois pas que je plaisante ?

C'est vrai, je ne savais jamais s'il plaisantait ou s'il ne plaisantait pas, peut-être parce qu'il disait parfois des choses blessantes et, au lieu de s'excuser, il essayait de faire passer ça pour une blague. Mais c'est une tout autre histoire. Je l'ai suivi, tandis qu'il endossait sa vareuse, non sans mal, et traversait son salon-piste de patinage pour entrer dans son bureau, marchant plus lentement, plus difficilement, que je n'en avais le souvenir, comme s'il avait mal aux articulations.

LE VIEUX : Je voulais te poser une question qui me trotte dans la tête, a-t-il dit en s'installant avec précaution dans son fauteuil. Il a écarté son énorme revolver et commencé à cogner l'extrémité d'une cigarette contre la table pour bien tasser le tabac.

MOI : Vas-y, demande, ai-je fait, en avançant ma chaise pour me rapprocher. Je t'écoute.

LE VIEUX, s'éclaircissant la voix : Est-ce que tu crois que tu te souviendras de moi quand je serai parti ?

MOI : Où pars-tu ?

LE VIEUX : Parti, comme pour dire mort, petit. Te souviendras-tu du vieux qui t'offrait des glaces et t'apprenait comment séduire les filles quand je serai mort ?

MOI : Tu as peur que les gens ne se souviennent pas de toi ? Tu as sûrement de la famille. Tu as sûrement des amis. Voyons, Valechka se souviendra de toi. Et puis n'oublie pas l'honorable camarade Staline – comment pourrait-il oublier le héros de notre glorieuse révolution qui l'a aidé à diriger le pays ?

LE VIEUX : Il n'est pas question de famille, d'amis, de Valechka ou de Staline. Il est question de toi. Réponds à ma question, bordel. Est-ce que tu te souviendras de moi ?

MOI : Bien sûr. Tu peux compter sur Léon pour se souvenir de toi. J'espère pourtant que tu n'as pas l'intention de mourir tout de suite.

LE VIEUX : On n'a jamais l'intention de mourir, petit. La mort s'approche sur la pointe des pieds, on ne l'entend pas arriver.

MOI : C'est que je ne sais toujours pas qui tu es ! Je sais que ta mère t'appelait Soso, je sais que tes camarades de Géorgie t'appelaient Koba. Est-ce que tu es assez connu pour avoir une nécrologie dans la *Pravda* ?

Je me suis rendu compte que ma question l'amusait.

LE VIEUX : Quelque chose de discret en dernière page, c'est dans l'ordre des possibilités.

Sur ce, il a éclaté de rire comme si ce qu'il venait de dire était d'une extrême drôlerie. Son rire s'est mué en quinte de toux et la toux en sifflements. Sa main valide tremblait pendant qu'il maintenait la flamme de son briquet sur l'extrémité de la cigarette glissée entre ses lèvres, puis il a inspiré profondément, ce qui a paru le soulager.

LE VIEUX : Et toi, petit, a-t-il réussi à dire lorsqu'il eut retrouvé sa voix. Est-ce que tu as peur de mourir ?

MOI : Je suis trop jeune pour avoir peur de la mort.

LE VIEUX : Quand as-tu l'intention de commencer à y penser ?

MOI : Quand je serai vieux. Disons vers trente ans.

Mon « trente ans » l'a fait sourire, même si ce sourire détonnait toujours un peu avec sa physionomie.

LE VIEUX : Les garçons de ton âge ont presque tous peur de quelque chose – manger des légumes, les revenants, le noir, remarqua-t-il.

MOI : Manger des légumes, peut-être. Les revenants, le noir, pas du tout, surtout si j'ai une lampe de poche. Et toi ? Tu avais peur du noir quand tu avais mon âge ?

LE VIEUX : J'ai beaucoup de mal à remonter aussi loin dans mes souvenirs. Quand j'avais ton âge, j'avais une peur bleue des araignées.

MOI : J'adore les araignées.

LE VIEUX : Aujourd'hui encore je les déteste. Même une toute petite sur le mur près de mon lit me terrifie. J'en ai des sueurs froides. Un jour j'ai dû appeler le chef des gardes pour qu'il en tue une. Lorsque j'étais enfant, à Gori, mon père rentrait souvent à la maison complètement saoul et il se mettait en colère à cause de quelque chose que j'avais fait ou que j'aurais dû faire, alors il m'enfermait toute la nuit dans un réduit sous la maison. Ça grouillait d'araignées. Je n'arrêtais pas de les chasser de mon visage et de mes vêtements, jusqu'à ce que ma sainte de mère ait pu chiper la clé dans sa poche et vienne me délivrer. Pendant que je suis assis ici avec toi, en ce moment, à m'en rappeler, il me semble presque sentir les araignées ramper sur moi.

MOI : À part les araignées, qu'est-ce que tu détestes ?

Koba réfléchit quelques instants, tout en suçotant sa cigarette.

LE VIEUX : Je déteste un Italien qui s'appelle Ratti, Ambrogio.

MOI : Qui est ce Ratti, Ambrogio ? Et c'est quoi, son prénom, Ratti ou Ambrogio ?

LE VIEUX : Ambrogio. C'était un pape. Quand on devient pape, on abandonne son nom d'avant et on en prend un autre. Ratti, Ambrogio devint le pape Pie je-ne-sais-plus-combien. Onze, je crois.

MOI : Et pourquoi détestes-tu le pape romain numéro onze ?

LE VIEUX : Dans son infinie sagesse papale, ce fils de pute avait décidé que Staline était une plus grande menace pour le monde qu'Adolf Hitler. Quel abruti ! Bien que le catholicisme et le communisme soient deux ismes, les deux faces d'une même pièce – tous deux exigent une soumission inconditionnelle du berceau à la tombe – le Romain numéro onze haïssait le communisme davantage que le fascisme, et cela à un moment ou Hitler installait des camps de concentration et assassinait des communistes allemands, pendant que nous nous battions contre les fascistes en Espagne. Écoute-moi, petit, en 1936, le Romain numéro onze a institué le prix littéraire du meilleur roman anticommuniste. J'aurais aimé que Staline décerne un prix littéraire du meilleur roman anticatholique, mais ses chatons l'en ont dissuadé. Ils avaient peur de fâcher les catholiques américains. Maintenant que j'y pense, je crois que je déteste le Romain numéro onze plus encore que les araignées.

Un peu plus tard, ce même soir, après que j'eus dévoré jusqu'à la dernière goutte ma coupe de crème glacée et que le vieux eut avalé son deuxième verre de lait chaud et ses dix gouttes de teinture d'iode, on s'est mis à genoux par terre tous les deux pour jouer au Mikado. Notez bien, c'était son idée, pas la mienne.

Le vieux : Quand j'avais ton âge, j'y jouais tout le temps, m'a-t-il dit. J'aimais beaucoup y jouer aussi avec mes enfants avant qu'ils deviennent grands. Malheureusement, ils ont grandi et jugé que le Mikado n'était pas digne d'eux. Un été, dans mon enfance, on avait organisé un concours de Mikado à Gori. J'avais fini premier et on m'avait couronné tsar du Mikado de Gori. Le premier prix était une de ces ceintures gitanes en cuir épais, incrustées de pierres de couleur. J'y glissais mes deux revolvers quand je dévalisais une banque. Ma sainte mère était très fière que j'aie remporté la compétition mais mon père s'était mis en colère parce que j'avais sali mon beau costume en m'agenouillant par terre. Je voyais tout de suite quand il était furieux après moi. Il me regardait droit dans les yeux et faisait lentement glisser sa ceinture dans les passants de son pantalon.

Je me suis aperçu que le vieux s'apprêtait à disperser les baguettes.

MOI : Pourquoi c'est toi qui commences ?

LE VIEUX : Nous jouons avec mes baguettes. Dans mon bureau. Il a rassemblé les baguettes d'ivoire dans son poing et les a fait tomber en éventail. Ah (a-t-il dit, en se penchant pour ramasser les quatre qui avaient atterri à l'écart du tas, ce qui était le plus facile).

Les yeux plissés, il a examiné la disposition du terrain et essayé de saisir une baguette qui en chevauchait une autre, mais sa main a tremblé et la baguette a bougé. Ne voulant pas le vexer, je n'ai rien dit. De son côté, la tête toujours baissée, il a fait semblant de rien et a continué à jouer.

MOI, espérant le dérider avec une flatterie : Je ne sais pas si tu es assez connu pour la *Pravda*, mais je me suis rendu compte que tu es quelqu'un de très important.

LE VIEUX : Qu'est-ce qui te fait dire ça ?

MOI : Les gardes, en bas. Les fusils appuyés contre le mur. Le fait que leur chef me fouille chaque fois que je viens ici, comme si un enfant pouvait cacher une arme.

LE VIEUX : Oui, je suis assez important (a-t-il reconnu, en ajoutant une baguette d'ivoire à son tas).

MOI : Dis, Koba, je peux te poser une question ? (Comme il ne répondait pas, j'ai rassemblé tout mon courage et me suis jeté à l'eau.) Le père de ma meilleure amie a été fusillé comme espion britannique, alors qu'il ne parlait même pas le britannique. Et la mère de ma meilleure amie a été arrêtée la même nuit que la mienne. Si je te donnais leurs noms, penses-tu pouvoir en parler à l'honorable camarade Staline ?

LE VIEUX, se redressant sur son séant, oubliant momentanément ses baguettes : Je t'interromps tout de suite, petit. En ce qui concerne qui a été arrêté ou pas, ce sont les services de sécurité qui ont tout pouvoir, pas Staline. Ils établissent les listes, ils arrêtent les suspects, les interrogent et s'ils trouvent des preuves de trahison, on les passe en jugement. Si l'accusé est déclaré coupable par les *troïkas* impartiales du NKVD et condamné à la peine de mort, les gens de la sécurité exécutent la sentence.

MOI : Tu m'as déjà dit que l'honorable camarade Staline n'avait aucun lien avec les services de sécurité. Combien de fois vas-tu me le répéter ?

LE VIEUX : Autant de fois qu'il faudra pour que tu le comprennes. Mets-toi bien ça dans ton crâne obtus, la culpabilité ou l'innocence d'un individu particulier n'a rien à voir avec ça. Comme l'a dit Staline : « On ne fait pas d'omelette sans casser des œufs. » Ce qui importe, c'est que les procès et les exécutions éventuelles – dans le cas de ta mère, l'arrestation – servent d'avertissement à ceux qui seraient tentés d'abandonner la lutte des classes et de renoncer à l'édification du communisme. Voilà comment tu dois voir les choses : le père de ton amie, vos mères, sont des victimes collatérales d'un long combat visant à rendre l'homme meilleur et à construire le communisme dans un seul pays. Est-ce que ma réponse t'aide à prendre du recul par rapport à ces arrestations ?

MOI : Pas vraiment.

LE VIEUX, agitant la tête d'un air agacé, il s'est penché sur les baguettes d'ivoire : Assez de questions pour ce soir. À ton tour de jouer, bon sang.

9

Où Isabeau se demande si le petit n'a pas perdu la boule

Extrait du carnet de Léon :

KOBA : Il y a une chose que tu dois savoir, petit : tout rapport sexuel est un viol. Tu sais ce que veut dire le mot viol, petit ?

MOI : C'est quand un homme et une femme ont un rapport sexuel et que la dame ne veut pas en avoir.

KOBA : Tu y es presque. Écoute-moi, même quand on fait l'amour à une femme avec douceur et précaution, il y a dans cet acte une violence inhérente qui équivaut à un viol. Maintenant que j'y pense, les relations entre les pays ont beaucoup en commun avec le sexe. Les choses peuvent sembler se passer avec douceur et précaution, la réalité est plus violente : d'une certaine façon, les impérialistes essaient tout le temps de nous violer. Roosevelt était parti pour violer Staline à la conférence de Téhéran, en 1943, et de nouveau au Caire, la même année, et une fois encore à Yalta, en 1945. Mais le pire de tous ç'a été Truman, en 1945, à Potsdam. Avant de devenir président il vendait des cravates, mais il s'est avéré le plus retors des politiciens antisoviétiques – il a inventé la guerre froide, il a créé la CIA, bon dieu. À Potsdam, le marchand de cravates a fait mine de soutenir Staline et, tout en fumant une cigarette, il lui a dit en passant que les Américains avaient testé une arme secrète possédant une puissance de destruction encore inconnue. C'est ce qu'il a dit mot pour mot. Ce salopard n'avait pas précisé que c'était une bombe atomique mais nous le savions, bien entendu. Nous connaissions probablement toutes les particularités de leurs bombes à l'uranium et au plutonium avant même que Truman ait été mis dans le secret, après la mort de Roosevelt. Nos espions nous tenaient au courant de ce que les Américains étaient en train de manigancer dans un coin perdu de leur Nouveau-Mexique.

MOI : Ça alors, est-ce que tu es en train de me dire que notre Union soviétique bien-aimée a des espions aux États-Unis ? Génial ! Si je n'arrive pas à établir une théorie des champs, devenir espion en Amérique sera mon Plan B, à condition que je parvienne à l'âge adulte.

KOBA : Cette affaire d'espions est un secret d'État. Garde ça pour toi.

MOI : Fais-moi confiance, Koba.

KOBA : Oui. Je te fais confiance, petit. Il n'existe personne à qui je fasse davantage confiance. (Détournant le regard) La personne ici présente exceptée, il n'existe personne à qui je fasse vraiment confiance.

*

Je le jure, croix de bois croix de fer, nous ne savions pas que des morts habitaient dans la Maison du quai, sauf que puisqu'ils étaient morts, je suppose qu'il est techniquement incorrect de dire qu'ils y habitaient. Peu importe. Depuis que nous avions remisé le cadavre de l'imperméable dans la piscine du deuxième sous-sol, nous évitions d'y descendre, une des raisons étant que l'odeur de chlore donnait la nausée à mon meilleur ami Léon. Mais cela ne nous empêchait pas de partir en exploration dans les appartements inoccupés donnant sur les passages secrets, du moins ceux où on pouvait pénétrer, dans l'espoir de libérer des boîtes de conserve, des jeux américains ou quelque chose de nature vestimentaire, comme ces mitaines en fourrure que je me mets aux pieds pour dormir. Étant donné que les personnes qui habitaient dans ces appartements du NKVD mis sous scellés n'y habitent plus, on estimait qu'il ne s'agissait pas d'un vol mais plutôt d'un emprunt puisque, excepté les boîtes de conserve, nous avions bien l'intention de tout restituer au retour de leurs occupants – si jamais ils revenaient. Un jour, tard dans la soirée, quatre d'entre nous, les jumeaux Vladimir et Pavel, Léon et moi – Zinaïda n'est pas venue parce qu'elle avait ses ragnagnas –, nous sommes montés au quatrième étage pour essayer d'ouvrir les portes des pièces secrètes donnant sur les passages secrets. Pavel était partisan de forcer les serrures, mais Léon et moi l'en avions dissuadé parce que cela montrerait que les appartements avaient été pénétrés par effraction et on avait déjà assez d'ennuis comme ça, avec la police qui avait découvert un corps mort dans la piscine du deuxième sous-sol. Après la septième pièce du passage on est tombés sur une porte pas verrouillée. Vlad, qui tenait notre unique torche, est entré le premier et nous l'avons suivi en file indienne, chacun posant la main sur l'épaule de celui qui le précédait. La pièce secrète était pleine à craquer de choses qu'on s'attend à trouver dans un de ces magasins pour VIP, où des maîtresses de maison arrivent dans des limousines du gouvernement pour faire leurs achats, par exemple des cartons remplis de radios à tube cathodique de toutes formes et de toutes dimensions, des étagères bourrées de chaussures à talons hauts, certainement fabriquées dans leur Allemagne, par opposition à la nôtre, vu leur élégance. Pour amuser les garçons, j'en ai enfilé une paire et, éclairée par la torche de Pavel, j'ai tortillé du cul en plantant un pied exactement devant l'autre, comme ces mannequins défilant sur un podium que j'avais vus dans un film tchèque, avec mon père, quand il était encore en vie. Au bout d'un moment, Pavel a dirigé le faisceau lumineux sur la porte donnant accès à l'appartement. J'ai échangé un regard avec Léon, puis j'ai hoché la tête comme pour dire : Pourquoi pas ? et il a tourné la poignée. La porte s'est ouverte vers l'intérieur. Côté appartement, on a trouvé des étagères débordantes de produits ménagers, ainsi que toute une collection de statuettes de l'honorable camarade Staline, du genre de celles que les ouvriers des fermes collectives rapportent chez eux en souvenir d'un voyage à Moscou. À en juger par la machine à laver, le sèche-linge et la planche où s'entassaient des chemises d'homme en attente d'être repassées, il était clair que c'était la lingerie. Les jumeaux mouraient d'envie de prendre quelques chemises et d'aller se coucher, mais Léon, étant ce qu'il était, s'est emparé de la torche de Pavel et, guidé par le faisceau lumineux, est entré dans une chambre à coucher où il y avait un lit aux draps froissés, comme si on y avait dormi peu avant. Par terre, il y avait deux valises ouvertes mais vides, des lunettes de soleil, des montres-bracelets, un sac à main et, sur la table de nuit, ce qui devait être des clés de voiture. Pourquoi quelqu'un aurait-il laissé des chemises, des valises, des lunettes de soleil, des montres, un sac et des clés de voiture s'il s'apprêtait à quitter définitivement son appartement ? J'étais en train de chercher une explication rationnelle à ce mystère lorsque Léon a ouvert la porte suivante et a braqué la torche dans ce qui s'avéra être une salle à manger. J'ai entendu Léon suffoquer, je l'ai entendu plaquer la main sur sa bouche pour étouffer un cri, j'ai entendu son cri étouffé, j'ai senti l'odeur qu'il devait sentir, qui était cent fois plus horrible que celle du chlore de la piscine du deuxième sous-sol. Pavel, Vlad et moi avons rejoint Léon à l'entrée de la pièce et c'est alors que nous avons vu ce qu'il voyait.

Comment vais-je décrire cela sans que des larmes ne me brouillent la vue ?

« Par pitié, Isabeau, ne regarde pas », a chuchoté Léon, quand il s'est rendu compte que j'étais à côté de lui.

Trop tard ! Ce qu'il avait vu, oh mon Dieu, je le vois encore, même les yeux fermés. De la poche de mon cardigan, j'ai sorti un des mouchoirs de mon père exécuté et l'ai pressé sur mon nez et ma bouche. Trop tard ! Ce que j'ai senti cette nuit-là, figée sur le seuil d'une salle à manger, au quatrième étage de la Maison du quai, restera logé dans mes narines pour le restant de ma vie.

Bon. Allons-y. Il y avait deux adorables petits vieux assis à une longue table, chacun à une extrémité avec, entre eux deux, un chandelier à sept branches dont les bougies étaient consumées, la femme vêtue d'une robe du soir en dentelle noire, l'homme en smoking noir, avec sur l'arrière de son crâne chauve une kippa brodée. Leur repas terminé, ils avaient repoussé leur assiette contenant les restes de l'aile de poulet qu'il avait mangée, avant de s'écrouler, la tête en avant, sur la nappe ouzbek, semblable à celle que ma mère sortait quand on avait du monde à dîner. Des verres à haut pied étaient emprisonnés dans leurs doigts raidis par la mort, le vin qu'ils contenaient, répandu sur la nappe, ressemblait à du sang séché, pour nous, les enfants, qui regardions la scène depuis le pas de la porte. À en juger par l'odeur, inutile d'être un fin limier pour comprendre que ces deux-là étaient morts depuis plusieurs jours, peut-être même plusieurs semaines. Pavel a été le premier à retrouver l'usage de la parole.

« Il faut qu'on se tire d'ici en vitesse », a-t-il d'une voix blanche.

Mais Léon étant Léon, il avait une autre idée. Sans prononcer un seul mot, il a contourné la table et les deux convives qui n'avaient pas vécu assez longtemps pour digérer leur repas et finir de boire leur vin, et il s'est dirigé vers la porte d'entrée. J'ai entendu le cliquetis de la chaîne de sécurité qu'on retirait, la porte s'ouvrir et je me suis dit, ce pauvre Léon a perdu la boule, il va sortir par la grande porte pour demander à l'amiral, en bas, dans le hall, d'appeler la police. Mais ce pauvre Léon est réapparu quelques instants après, livide comme un spectre, mordillant ses lèvres exsangues comme s'il avait découvert le secret du vin renversé. S'exprimant à voix très basse afin de ne pas réveiller les morts, il a dit :

« Il n'y a pas de bande adhésive NKVD sur la porte.

– Et alors ? » ont dit en chœur Pavel et Vlad, perplexes.

Léon a croisé mon regard et la solution du mystère est passée entre nous, tel un courant électrique.

« J'ai compris, ai-je dit. C'est clair comme de l'eau de roche, Pavel. Ces personnes étaient des juifs.

Ils savaient que les imperméables s'occupaient tout particulièrement des juifs et ils n'ont pas attendu qu'on s'occupe d'eux.

– Ils se sont mis sur leur trente et un pour leur dernier souper et ont bu du vin empoisonné, avant que les imperméables puissent venir les arrêter, a ajouté Léon.

– Ce qui veut dire que c'étaient sûrement des ennemis du peuple, a murmuré Vladimir, sortant de son hébétude. Voyons, si on s'apprêtait à les arrêter, ça veut dire qu'ils n'étaient pas innocents... »

Vladimir venait de s'engager dans une voie sans issue mais je n'ai pu m'empêcher de lui clouer le bec.

« Ma mère n'est pas une ennemie du peuple. Mon père n'était pas un espion britannique.

– Notre mère et notre grand frère n'ont pas mis du verre pilé dans la pâte à pain de la boulangerie où ils travaillaient », a enchaîné Pavel.

Vladimir s'est frappé le front :

« Oh mon Dieu, à quoi je pensais ? Notre père, quand il était ambassadeur en Norvège, n'a pas vendu des télégrammes diplomatiques à la CIA. Vrai, Pavel ?

– Vrai. Vrai. Totalement vrai. »

J'entends encore Léon, qui faisait plus âgé que ses dix ans et demi, ou devrais-je dire qui parlait plus âgé que ses dix ans et demi, déclarer :

« Je suis sûr et certain que ma mère n'a pas conspiré pour empoisonner l'honorable camarade Staline. » Nous étions tous hypnotisés par les deux cadavres. « Ils étaient innocents, comme nos parents, chuchota Léon. Ce sont des martyrs juifs.

– Il ne faut surtout pas qu'on se trouve dans les parages quand ils découvriront les corps », a dit Pavel

d'une voix étranglée en faisant demi-tour pour quitter les lieux.

Nous l'avons suivi dans la lingerie, la pièce et le passage secrets menant à l'escalier jusqu'au troisième étage. Avant de se séparer, on s'est mis en cercle, nos huit mains étroitement entrelacées.

« Il faut qu'on jure de ne souffler mot à personne de ce que nous venons de voir, dit Pavel.

– Pas même à Zinaïda ? a demandé Vladimir.

– Surtout pas à Zinaïda, ai-je dit. Elle va paniquer. La dernière chose dont on a besoin maintenant, c'est d'une Zinaïda paniquée.

– Je le jure, a dit Pavel.

– Je le jure, ai-je dit.

– Moi aussi, je le jure, a dit Léon. Sauf que j'aimerais faire une exception pour le vieux qui habite au-dessus du hangar. Il a besoin de savoir ce qui se passe dans le pays qu'il aide à diriger. »

10

Où le petit s’arme de courage pour dire l’indicible

Extrait du carnet de Léon :

Le vieux : Arrête-moi si tu connais déjà cette histoire, petit. Le tsar rend visite à un hôpital rempli de soldats blessés pendant la guerre contre Napoléon. Il demande à quatre d'entre eux s'ils désirent une récompense pour leurs bons et loyaux services. Le premier soldat demande un passeport et un billet de train pour Paris. Le second demande une ferme avec vingt vaches. Le troisième demande mille roubles. Le quatrième demande un verre de vodka et un œuf cru. Après le départ du tsar, les infirmiers apportent un verre de vodka et un œuf au quatrième soldat. Il est le seul à obtenir ce qu'il avait demandé. À ton avis, quelle est la morale de cette histoire, petit ?

Moi : Facile comme bonjour. Le tsar est radin.

Le vieux, avec un ricanement moqueur : La morale c'est que les trois premiers soldats étaient cupides. Toi, tu me fais penser au quatrième soldat, petit. Tu ne veux jamais rien, à part de la glace à la vanille avec de la sauce au chocolat. C'est pour ça que tu as à chaque fois de la glace à la vanille avec de la sauce au chocolat.

J'ai réussi à trouver enfin le courage de soulever la question qui me tenait éveillé la nuit.

Moi : Que dirais-tu si je te disais que j'ai vu les cadavres de deux vieux juifs qui ont bu du vin empoisonné ?

Le vieux a tapoté l'extrémité d'une cigarette sur la table pour bien tasser le tabac puis, inclinant la tête, il y a approché le briquet lance flammes de Roosevelt et l'a allumée. Il a avalé la fumée comme j'aurais été bien incapable de le faire et l'a expulsée par les narines.

Le vieux : Je dirais que tu as une imagination fertile (a-t-il fini par répondre). Je dirais que tu devrais songer à écrire des romans, si tu deviens grand.

Moi : Si !

Le vieux : Je voulais dire « quand », évidemment. Quand tu seras grand, tu pourras gagner ta vie en racontant des histoires. (Toutefois, à sa façon de m'examiner, je voyais bien qu'il n'était pas sûr à cent pour cent que j'avais inventé cette histoire.) Dis-moi, qu'est-ce qui t'a fait penser que c'étaient des youpins ? a-t-il repris.

Moi : Youpin est un vilain mot. Il faut dire israélite. Il faut dire juif.

Le vieux : Doucement, petit. Tu n'es pas ma conscience, bordel. Jusqu'à présent, je m'en suis toujours très bien passé, merci.

Parfois nos oreilles entendent des mots sortir de notre bouche avant même qu'on ait eu le temps de penser à quoi dire et notre cerveau, entendant ces mots, découvre ce qu'on pense. Eh bien, c'est exactement ce qui m'est arrivé quand j'ai regardé ce vieux grincheux avec son haleine fétide et les quelques cheveux qui lui restaient se baladant de-ci de-là, en train de tirer sur sa cigarette Herzegovina Flor comme s'il y allait de sa vie, ce qui, à ma connaissance, était le cas. Mais oui, si c'était justement cette cigarette qui lui permettait de continuer à inspirer et à expirer. Tout en agitant la main pour disperser la fumée nauséabonde, je m'entendis remarquer :

MOI : Ton problème c'est peut-être de ne pas avoir de conscience.

Le vieux a concentré son attention sur sa cigarette.

LE VIEUX : Alors, dis-moi, où as-tu vu ces youpins morts, petit ?

MOI : Dans un appartement de l'immeuble où j'habite.

Ses narines ont tressailli comme s'il avait flairé une contradiction.

LE VIEUX : Comment pouvais-tu savoir que c'étaient des youpins puisqu'ils étaient morts et qu'ils ne t'ont pas parlé en yiddish ?

Je lui ai décrit le chandelier à sept branches. Je lui ai décrit la kipa plaquée sur le crâne chauve de l'homme.

La cendre de sa cigarette était si longue qu'elle semblait défier la gravité – bien qu'étant un physicien de dix ans et demi, je ne suis pas persuadé qu'on puisse défier la gravité – mais le vieux, perdu dans ses pensées, ne semblait pas s'en apercevoir.

LE VIEUX : Je t'ai déjà dit que je n'avais aucun lien avec les services de sécurité, a-t-il remarqué. Mais, si ces youpins se sont suicidés avant qu'on vienne les arrêter, ça veut dire sûrement qu'ils étaient coupables de quelque chose qu'on aurait découvert à leur arrestation.

Il faut que je décrive la scène. C'était presque comme si nous étions trois dans la pièce, le vieux montant la garde derrière son gigantesque bureau, en tripotant machinalement son énorme revolver, le gamin de dix ans et demi se balançant timidement au bord de sa chaise et le regardant fixement – et votre serviteur, le biographe soi-disant autorisé, écoutant ce qu'ils se disaient, mon regard allant et venant de l'un à l'autre comme si j'assistais à un match de hockey. Peut-être était-ce le double suicide de la Maison du quai, peut-être était-ce Anastasia Andreevna Rozental avouant des crimes qu'elle n'avait pas commis, peut-être était-ce ces deux raisons qui poussèrent Léon à prononcer des mots qui, dans la Russie soviétique, étaient imprononçables :

MOI : Leur crime, c'était d'être juifs.

Ma remarque a surpris le vieux. Je l'ai vu hésiter.

LE VIEUX : Je dois reconnaître que tu as du cran (l'ai-je entendu déclarer d'une voix sourde qui ne présageait rien de bon).

MOI : Oh, je dis seulement tout haut ce que les gens chuchotent.

LE VIEUX, de plus en plus agacé : L'Union soviétique n'exerce aucune discrimination à l'encontre de ses citoyens qui, indépendamment de leur volonté, ont la malchance d'être des youpins.

Parlant en tant que biographe hypothétiquement autorisé, je peux dire que le petit n'en croyait pas ses oreilles. Voici ce que, à ma stupéfaction, je l'entendis déclarer :

MOI : Tu te souviens de la première fois où je suis venu ici, Koba ? Tu m'avais demandé de citer trois raisons pour lesquelles tu devrais parler avec moi. Je t'en avais donné deux et dit que je réfléchissais à la troisième. Eh bien, je viens de la trouver. Elle était juste sous mon nez, mais si près que je ne la voyais pas. Même si je savais qui tu es, ce qui n'est pas le cas, je n'aurais pas peur de toi, parce que tu n'as rien d'effrayant. Tu n'es qu'un vieux bonhomme amer qui a les dents gâtées et une mauvaise haleine, qui pète beaucoup et qui sort la première ânerie qui lui passe par la tête.

La cigarette, qu'il avait fumée presque jusqu'au bout, lui a brûlé la lèvre. Il a poussé un petit cri de douleur, l'a arrachée de sa bouche et éteinte dans l'obus débordant de mégots.

LE VIEUX : Et moi qui te trouvais futé, l'ai-je entendu remarquer. Je me suis trompé. Tu t'abuses toi-même, petit, si tu crois que quelqu'un qui aide Staline à diriger le pays raconte tout ce qui lui passe par la tête. Je pèse mes mots, c'est pourquoi les gens y prêtent attention. Il n'y a aucune différence entre ce que je dis et ce que Staline pense. Je lis les rapports que lit Staline. Je connais tous les détails croustillants que les services fournissent dans ces rapports. Je contresigne les décisions prises par Staline, j'ajoute mes *za* à ceux de Staline, en haut et à droite de listes de noms interminables.

Il a glissé sa main valide dans un tiroir de son bureau et en a sorti une mallette métallique semblable à celle où mon père rangeait ses secrets atomiques. Il a pris une clé attachée à sa ceinture par une longue chaînette et, après plusieurs tentatives, il a réussi à l'insérer dans la serrure pour ouvrir la mallette, à la suite de quoi il a fourragé rageusement dans un gros tas de papiers portant un cachet à la cire rouge, jusqu'à ce qu'il trouve celui qu'il cherchait.

LE VIEUX : Regarde, ça, c'est la preuve de ce que je t'ai dit. Les éléments antisoviétiques qui ont fini en Sibérie n'ont pas été arrêtés à cause de leurs opinions religieuses. Nos tchékistes sont de sacrés professionnels – ils ont arrêté des individus d'une tendance politique particulière, ils ont arrêté des *ennemis du peuple*, pas des youpins. Ils ont exécuté *des ennemis du peuple*, pas des youpins, bonté divine, même si certains de ces ennemis du peuple, et ce n'est pas leur faute, se trouvaient être des youpins.

Il a abattu rageusement la paume de sa main sur la feuille de papier.

LE VIEUX : Tiens, lis ça, après tu seras peut-être moins bête. L'ordonnance du NKVD n° 0047, datée de juillet 1937. Il n'y est pas fait mention de youpins, aucun, pas un seul, une simple liste, région par région, des koulaks à fusiller ou à envoyer en Sibérie. Dans la région d'Odessa, mille fusillés, trois mille cinq cents déportés. Aucune mention de youpins. Aucune. En voici une autre. Des membres d'une minorité ethnique, Allemands et Polonais, susceptibles d'être tentés de collaborer avec une armée d'envahisseurs, ont été raflés et condamnés à dix ans, *sans droit de correspondance*, ce qui est, comme le sait le premier imbécile venu, dans le jargon tchékiste pour HMP, la plus haute mesure de punition. Là encore, pas question de youpins. Aucune. Regarde, en 1937, les services ont enregistré 681 691 exécutions, tous des koulaks et des éléments antisoviétiques. Pas un seul mot concernant des youpins. Pas un seul. Aucun. Cela va sans dire, mais je te le dis tout de même, afin que tu rentres chez toi un peu moins bête qu'à ton arrivée ici ce soir, Staline n'a joué aucun rôle dans tout ça. C'était un spectateur. Ce sont les services qui décidaient qui était ou n'était pas un ennemi du peuple. La presse capitaliste prétend qu'il y avait 1 500 exécutions par jour. Ce n'est pas impossible. Je ne peux pas le dire. Mais si on a fusillé mille cinq cents individus chaque jour, fais de la place pour cette information dans ta petite cervelle de gamin – il a relevé la tête, la colère ses yeux injectés de rage et a hurlé : *ils n'ont pas été fusillés parce que c'étaient des youpins !*

Le petit, effrayé, s'est levé si brusquement que sa chaise a basculé en arrière.

Valechka est apparue, sortant de nulle part. Elle s'est plantée derrière le vieux et a commencé à lui masser le front du bout des doigts.

VALECHKA : Calme-toi, Joseph. Tu fais peur à ce garçon.

LE VIEUX : Ce petit connard a besoin d'avoir peur. (Il a écarté de sa tête les doigts de Valechka.) Qu'il aille se faire foutre, il ne sait pas à qui il parle pour oser dire des choses pareilles.

VALECHKA : Ce n'est qu'un enfant, Joseph.

Maintenant le vieux fulminait carrément.

KOBA : Son père était ce savant youpin, Rozental, qui a saboté notre première réaction en chaîne. Sa mère est une youpine qui a avoué avoir comploté avec les médecins du Kremlin pour assassiner Staline. Ce petit est une saloperie de youpin. Quand il sera grand – s'il devient grand ! – il sera, comme tous les youpins, un ennemi du peuple, un membre de la cinquième colonne, prêt à nous frapper dans le dos à la seconde même ou Truman, ce marchand de cravates, attaquera l'Union soviétique. Retiens ce que je te dis, Valechka, cet enfant, comme tu l'appelles, aspire au pouvoir. Comme tous les youpins auxquels j'ai eu affaire, il attend quelque chose en retour. Trotski, Kaganovitch, Zinoviev, Kamenev, Paulina, la femme juive de Molotov, Ioulia, la femme juive de Iakov, ce connard circoncis avec qui Svetlana s'était mariée, ils m'ont tous sucé le sang, ils attendaient tous quelque chose en retour. Ne reste pas là à me regarder la bouche ouverte, petit, vas-y, dis-le, dis-moi ce que tu veux, à part des glaces à la vanille nappées de sauce au chocolat.

Alors, j'ai entendu une voix qui ressemblait terriblement à la mienne et qui disait : « Je suis trop jeune pour boire de la vodka. Je me contenterai de l'œuf cru et que ma mère sorte de prison. »

LE VIEUX, tremblant de rage : Fous le camp d'ici, a-t-il hurlé. Va-t'en avant que je te flanque dehors. Va-t'en et ne reviens plus jamais.

VALECHKA : Tu devrais peut-être t'en aller, Léon. (Visiblement bouleversée, elle a contourné le bureau, a pris le petit par la main et l'a entraîné vers la porte.) Nous allons passer trois semaines dans la datcha de Kountsevo (chuchota-t-elle). À notre retour, il aura tout oublié. Il apprécie beaucoup ta compagnie. Reviens dans trois semaines.

LE PETIT : La datcha de Kountsevo est la datcha de l'honorable camarade Staline.

Mais Valechka, qui regardait anxieusement par-dessus son épaule le vieux en train de fourrager fébrilement dans sa mallette métallique, ne l'écoutait que d'une oreille.

11

Où le petit se décide à mettre son amour-propre dans sa poche

Extrait du carnet de Léon :

MOI : Est-ce que tu as des regrets ?

LE VIEUX : Question idiote. À mon âge, tout le monde a des regrets.

MOI : Les archives montreront que tu n'as pas répondu à ma question idiote.

LE VIEUX : Tu es quoi ? Un avocat ?

MOI : J'ai entendu un avocat dire ça dans un film.

LE VIEUX : Et toi, petit. Que regrettes-tu, à l'âge tendre de dix ans et demi ?

MOI : Je regrette qu'ils aient utilisé du graphite au lieu de l'eau lourde pour ralentir la réaction en chaîne. Je regrette d'être prisonnier de mon enfance. Je regrette que ma meilleure amie Isabeau n'ait pas de poitrine.

LE VIEUX, après un moment : Je regrette d'être vieux.

MOI : La vieillesse n'est pas pour les faibles de cœur.

LE VIEUX : Ça on peut le dire dix fois !

MOI : La vieillesse n'est pas pour les faibles de cœur.

LE VIEUX : Je ne parlais pas au sens propre, bon sang.

MOI : Tu as peur de mourir ?

LE VIEUX : L'idée de mourir ne m'emballe pas. Mais j'ai davantage peur d'être ignoré, j'ai davantage peur d'être oublié. Ce qui me fait le plus peur c'est d'être condamné aux poubelles de l'histoire.

*

Dites, étant donné que je ne savais toujours pas qui il était, je n'avais aucune de raison d'avoir peur de lui, sauf quand il se mettait en colère. Mais vu son âge, sa méchanceté, son haleine fétide et les Herzegovina Flor, sans parler de son attitude révoltante envers les juifs comme ma mère, mon père et moi, j'avais pris la décision de ne jamais plus aller le voir. Et quand Léon a pris une décision, on peut parier… on peut parier que lorsqu'il sera calmé, il se demandera ce que son père aurait fait dans une telle situation, moment auquel il reconsidérera la situation, il pèsera le pour et le contre, il réfléchira à l'idée de suivre l'instinct de Valechka plutôt que le sien. Tenez, si, comme elle me l'avait dit au cours de cette soirée épouvantable dans l'appartement au-dessus du hangar, le vieux aimait vraiment ma compagnie, s'il allait vraiment oublier cette sortie que, reconnaissons-le, j'avais provoquée, alors qu'avais-je à perdre excepté mon amour-propre ? Et qu'est-ce que l'amour-propre comparé à deux énormes boules de vanille nappées de sauce au chocolat ? Ou comparé à la biographie autorisée que je pourrais écrire s'il s'avérait que le vieux était quelqu'un d'assez important pour qu'on parle de lui dans la *Pravda*, ne serait-ce qu'en dernière page ?

Ce qui explique plus ou moins que, trois semaines après le coup de sang du vieux, je me sois rendu au troisième sous-sol de la Maison du quai pour pénétrer dans le tunnel. Presque rien n'avait changé depuis mes premières incursions sous le Styx. Des canalisations munies de buses crachaient toujours de minces jets de vapeur dans l'air humide et réchauffaient le tunnel. Des dizaines et des dizaines d'hommes, enveloppés dans des capotes militaires crasseuses, campaient toujours sur les rebords, dans les anfractuosités ou sur des piles de caisses d'emballage en bois, mais j'avais traversé ce tunnel tant de fois que je savais comment éviter les mains qui s'avançaient pour m'attraper par les chevilles, tandis que je pataugeais dans la pellicule d'eau recouvrant le sol de brique. Je me suis glissé dans le boyau exigu partant du tunnel principal et j'ai grimpé les trois, ou peut-être quatre étages, de l'escalier de fer pas si rouillé que ça. Je me suis mis de biais pour me glisser par l'étroite porte en bois ouvrant sur l'immense hangar à avions, capable d'abriter deux ou trois de ces gros bombardiers soviétiques. Contrairement à mes visites précédentes, les lustres géants suspendus au drôle de plafond étaient tout illuminés. Il n'y avait personne dans le hangar proprement dit, excepté six officiers en grand uniforme bleu, leurs épées appuyées contre une console, qui se servaient du café. C'était à l'évidence une sorte de garde d'honneur prenant une pause de je ne sais quelle garde à laquelle on les avait affectés. J'ai très vite deviné ce qu'ils étaient censés avoir l'honneur de garder. Trônant au centre du hangar, il y avait une estrade et, dessus, écoutez bien, un cercueil ouvert. Tandis que je m'approchais, j'ai entendu des sanglots étouffés. En arrivant devant le cercueil, j'ai vu que c'était Valechka qui pleurait. Agenouillée sur l'estrade à côté de la bière, elle en contemplait l'intérieur en versant toutes les larmes de son corps.

J'ai grimpé sur l'estrade et ai posé la main sur son épaule pour la réconforter. Alors seulement, j'ai glissé un œil à l'intérieur du cercueil et j'ai constaté que son locataire était le vieux. L'idée m'a traversé l'esprit qu'il dormait à poings fermés dans son lit de satin blanc et je me suis demandé pourquoi il avait préféré coucher en bas, dans le hangar, plutôt que dans le lit douillet de son appartement du dessus. Je ne suis pas fier d'avouer qu'il a fallu une éternité de secondes à mon cerveau pour traiter l'information envoyée par mes yeux et me rendre compte qu'il ne *dormait* pas dans ce cercueil, mais qu'il était raide mort. Bizarrement, il faisait plus jeune que dans mon souvenir. Pour commencer, il avait davantage de cheveux, ou alors, on les avait coiffés pour qu'ils paraissent plus fournis. Il avait le teint vermeil des gens en bonne santé. Les cicatrices de petite vérole qui grêlaient son visage, les poches sous les yeux et les gousses d'ail qu'il portait autour du cou, tout cela avait disparu. Un sourire douloureux était figé sur ses lèvres rougies et, le connaissant, je me suis dit qu'il avait dû le réquisitionner pour saluer l'ange de la mort. Ses mains reposaient sur une splendide vareuse militaire d'un gris lustré et recouverte de médailles au point qu'il était impossible de s'apercevoir qu'il avait un bras plus court que l'autre.

« Ah, Léon, s'est exclamée Valechka en relevant la tête. Tu es revenu. Ça lui aurait fait plaisir. »

Je me suis rendu compte que la garde d'honneur me tenait à l'œil.

« C'est bon, leur a-t-elle lancé à travers ses larmes. Cet enfant est avec moi.

– Que s'est-il passé ? lui ai-je demandé tout bas.

– Il a eu une attaque dans la datcha Kountsevo. Le temps qu'un médecin arrive de Moscou, il n'y avait plus rien à faire, sauf regarder la vie le quitter.

– Je suis désolé pour ta perte, ai-je murmuré.

– Moi aussi, Léon, je suis désolée pour ma perte. Je n'étais que sa gouvernante et tu es le premier à te soucier de mon chagrin. La plupart de ceux avec qui il avait des contacts, ceux qu'il appelait les chatons, avaient peur de lui. À leurs yeux, c'était un vieillard sans cœur, mais s'ils avaient regardé sous la surface, ils se seraient aperçus que ce n'était qu'un vieil homme au cœur brisé. Il ne se sentait aucun lien avec ses propres enfants ni avec les enfants de ses enfants. » Valechka a sorti un mouchoir de sa poche et s'est mouchée dedans bruyamment. « Il était très seul, là-haut, calfeutré dans son appartement, c'est pourquoi il aimait bien ta compagnie. Tu étais un de ses rares contacts avec le monde extérieur, le vrai monde. Avec toi, il ne jouait pas un rôle. Il n'en avait pas besoin. Il pouvait être lui-même.

– Qu'est-ce qui va se passer, maintenant ?

– Eh bien, il restera exposé ici pendant un ou deux jours pour que les chatons puissent verser leurs larmes de crocodile quand ils viendront lui rendre un dernier hommage. Ensuite ils organiseront sûrement un enterrement grandiose. On peut leur faire confiance pour dire adieu à notre paysan géorgien avec une pompe des plus vulgaires.

– Pensez-vous qu'on parlera de son décès dans la *Pravda*, ne serait-ce qu'en dernière page ? »

Valechka m'a jeté un bref regard, comme si elle pensait que je plaisantais peut-être pour la dérider. Quand elle a compris que je parlais sérieusement, elle m'a demandé :

« Dis-moi, mon cher Léon, tu ne savais vraiment pas qui c'était, alors ? C'est sans doute pour ça que vous vous entendiez si bien. Oui, bien sûr, il y a de fortes chances pour qu'on parle de son décès dans la *Pravda*. Si c'est un jour où il ne se passe pas grand chose, ça pourrait même faire la une. »

12

Où le petit applique à la vie le principe d'incertitude d'Heisenberg

Extrait du carnet de Léon :

KOBA : Écoute-moi, petit, si tu as fait ce que je t'ai demandé et noté tout ce que je t'ai dit, toutes mes histoires, tous mes regrets, mes griefs, mes inquiétudes, tu auras ma biographie autorisée.

MOI : Comment je pourrais écrire ta biographie, autorisée ou non, puisque je ne connais même pas ton nom ?

KOBA : Si tu deviens grand – d'accord, d'accord, *quand* tu seras grand – tu le connaîtras.

*

J'étais donc allongé sur mon lit dans ma pièce secrète en train de relire le chapitre de *Philosophiae Naturalis Principia Mathematica* d'Isaac Newton, que mon père avait coché en rouge avant de mourir empoisonné par les radiations, quand j'ai entendu des bruits de pas dans l'appartement. Mort de peur à l'idée que les imperméables étaient revenus pour effectuer une nouvelle perquisition – qui sait quelle preuve de culpabilité ils placeraient et feindraient ensuite de découvrir –, j'ai grimpé aussitôt sur la troisième marche de l'escabeau pour regarder par la fissure qui, côté appartement, semblait être une lézarde dans le plâtre. J'ai vu une vieille dame entrer dans le séjour d'un pas traînant et je me suis senti soulagé de ne voir aucun homme revêtu d'un imperméable alors qu'il ne pleuvait pas. Malgré tout, j'étais perplexe parce que je ne reconnaissais pas cette dame. Isabeau m'avait dit que de nouveaux locataires avaient emménagé dans les appartements des personnes emprisonnées et j'ai pensé que c'était sûrement de ça qu'il s'agissait. Sinon, comment cette dame aurait-elle eu la clé de la porte d'entrée et, en admettant qu'elle se la fût procurée d'une façon ou d'une autre, comment aurait-elle osé couper le ruban adhésif apposé sur la porte ? La dame est restée un long moment à regarder autour d'elle, puis elle a essayé d'ôter son manteau, mais comme elle avait du mal à sortir ses bras des manches, elle y a renoncé et s'est laissée tomber sur le canapé. En la voyant faire courir la main sur les coussins miteux, presque comme s'ils lui étaient chers, je lui ai trouvé soudain quelque chose de familier, elle me rappelait quelqu'un que j'avais déjà vu… mais où ? Et alors, oh, mon Dieu, je me suis aperçu qu'elle regardait fixement la fissure dans le plâtre du mur, des larmes ruisselant sur ses joues et un sourire à demi irrité sur ses lèvres enflées.

« Maman », ai-je murmuré et, dans mon excitation, j'ai failli dégringoler de l'escabeau. « Maman ! » ai-je hurlé et, tout en me ruant à l'intérieur de l'appartement par la porte secrète, je me suis jeté dans ses bras. Je n'ai pas honte de dire que le torrent de larmes qui a jailli de mes yeux m'a presque aveuglé.

« Doucement, Léon, l'ai-je entendu protester d'une voix rauque. J'ai des côtes cassées, une épaule démise. »

Je me suis vite reculé et, en m'asseyant, j'ai vu qu'elle avait les mêmes chaussures blanches, à talons plats, qu'elle portait la nuit de son arrestation puis, en relevant la tête, j'ai remarqué qu'elle avait les joues couvertes d'ecchymoses, un œil au beurre noir et des dents qui manquaient.

« Qu'est-ce qu'ils t'ont fait, maman ? me suis-je écrié.

– J'avais tellement peur de ne pas te trouver », a-t-elle murmuré en me tapotant la tête.

J'ai saisi une de ses mains, dont deux doigts étaient horriblement enflés. Dites, vous voulez que je vous raconte quelque chose de drôle ? C'est elle qui m'a consolé, pas l'inverse.

« Ne t'inquiète pas, mon Léon chéri. N'oublie pas que je suis médecin. Les doigts cassés, les côtes fêlées, l'épaule démise, ça s'arrangera avec le temps. L'important c'est que je sois rentrée à la maison et que j'aie trouvé l'homme de la famille vivant et en bonne santé. »

Je me suis souvenu tout à coup d'une chose que m'avait dite le vieux au cours d'un conciliabule.

« J'ai une question à te poser, maman.

– Pose-la, pose-la.

– C'est vrai que tu as avoué ? »

Elle a essayé de sourire de ce demi-sourire bien à elle, celui dont elle possédait le brevet, et elle a grimacé tellement ça lui faisait mal.

« Quand je n'ai plus pu supporter la douleur, j'ai avoué pour qu'ils arrêtent de me battre.

– Oh, maman, j'étais absolument sûr que tu étais innocente ! J'avais la certitude que tu n'aurais jamais tenté d'empoisonner l'honorable camarade Staline.

Dis-moi, tu en as eu de la chance qu'on te libère alors que tu avais avoué. »

Je me rappelle que ma mère parlait si bas que j'avais du mal à l'entendre.

« Ce n'était pas de la chance, Léon, voilà ce qu'elle a dit, je crois. Le policier m'a montré un mot écrit à la main sur du papier du Kremlin – il y avait mon nom, Anastasia Andreevna Rozental, c'était signé mais la signature était illisible, le mot *za* était griffonné à l'encre rouge en haut à droite, ordonnant aux services de me libérer si j'étais encore en vie. Les gardiens m'ont traînée dans l'escalier pour m'emmener à l'infirmerie et m'ont autorisée à me laver, ils m'ont donné d'autres sous-vêtements et m'ont couchée dans un vrai lit avec des draps propres. J'ai dormi pendant trois jours et trois nuits. » Je me souviens qu'à nouveau elle avait presque souri malgré son visage endolori. « Pendant ces interrogatoires interminables pour me faire avouer, je n'ai jamais osé espérer qu'il y aurait quelqu'un au Kremlin qui se souviendrait de mon nom. »

En repensant rétrospectivement à l'histoire que je suis en train de raconter, je peux dire que c'est à cet instant que ça a fait tilt. Comment avais-je pu ne pas voir ce qui était juste sous mon nez, comment avais-je pu ne pas reconnaître ce vieux qui griffonnait des *za* à l'encre rouge dans le coin supérieur gauche des listes, comment avais-je pu ne pas identifier cet homme avec qui je tenais des conciliabules la fois où j'avais entendu Koba fulminer dans son énorme téléphone noir : *Non, je ne vous donne aucune instruction, je vous transmets simplement un commentaire que Staline a fait en passant. C'est à vous de trouver ce qu'il a voulu dire, c'est à vous de trouver ce qu'il faut faire.*

Inondant de mes larmes la main de ma mère que je serrais dans les miennes, j'ai murmuré dans un souffle :

« Koba s'est souvenu de ton nom. »

Elle m'a regardé d'une drôle de façon.

« Qui est Koba ?

– C'est un vieux avec des yeux de crapaud, une haleine fétide et une moustache qui ressemble étrangement à l'honorable camarade Staline », ai-je dit et j'ai enfoui précautionneusement ma tête prête à éclater dans son giron douloureux.

Deux ou trois jours après, les jumeaux, Vladimir et Pavel, ainsi que leur demi-sœur Zinaïda trouvèrent leur mère errant dans le couloir, complètement hébétée ; elle ne savait plus dans quel appartement elle habitait, elle se rappelait qu'elle avait des enfants, mais ne se souvenait plus ni de leurs noms ni de leur nombre. Leur père ne revint pas et, malgré leurs démarches auprès des services, ils ne purent jamais savoir ce qu'il était devenu. Quand quelqu'un questionnait Pavel au sujet de son père, il répondait qu'il était mort au combat, comme s'il avait été une victime collatérale du conflit, ainsi que le disait le vieux, rappelez-vous.

La mère d'Isabeau rentra à la maison une semaine après la mienne et à peu près dans le même état. Le lendemain Isabeau vint nous dire adieu. Fidèles à ce qu'elles s'étaient promis, elles avaient fait leurs valises et partaient s'installer en Ouzbékistan, dans l'idée de mettre le plus de distance possible entre elles et les imperméables du NKVD.

« Avec un peu de chance, déclara Isabeau, loin des yeux ça voudra dire aussi loin de leurs pensées. » Je me souviens qu'elle m'avait regardé bizarrement. « Je ne sais toujours pas trop quoi penser de ton vieux, remarqua-t-elle. J'ai lu ton carnet mais il y a dedans des choses qui ne tiennent pas debout.

– Ça n'a aucune importance.

– Si, ça a de l'importance, protesta-t-elle. Mais je ne sais pas trop pourquoi. Il y a quelque chose qui m'échappe.

– S'il te plaît, Isabeau, ne pars pas en Ouzbékistan.

– Je n'ai pas le choix.

– Je suis presque sûr que je t'aime, murmurai-je, pris de panique.

– Je suis presque sûre que je t'aime aussi, Léon. Ne te fais pas de souci. On dit que l'absence est censée renforcer les sentiments.

– Qui a dit ça ?

– Moi. Je. Peu importe, d'ailleurs. »

Je n'ai pas honte de dire qu'Isabeau m'adressa un de ses sourires coquins avant de m'embrasser encore, et de nouveau sur la bouche.

Il me plaît de croire que l'absence a renforcé nos sentiments, mais en définitive, l'absence d'Isabeau m'a pesé davantage que celle de l'État soviétique de Koba, avec ses avions, ses chars, ses navires, ses trains, ses tracteurs et ses camions. Au bout de quelque temps, je me suis aperçu que je n'arrivais plus à réentendre dans ma tête son rire moqueur résonnant dans la piscine du deuxième sous-sol. Un peu plus tard encore, je ne pouvais même plus me représenter son sourire coquin. Pourtant nous sommes restés en contact, Isabeau et moi, échangeant, pendant près de trois ans, des lettres décousues écrites sur du papier avion, avant que cette correspondance se raréfie, autant par ma faute que par la sienne. Mon carnet de bal commençait à être bien rempli quand, à mon étonnement, je me suis trouvé avoir vécu assez longtemps pour être devenu un adolescent.

Voici ce qu'il y avait dans ce carnet de bal : j'ai été le plus jeune garçon de l'histoire à entrer à l'université de Moscou. Je suis aujourd'hui en troisième année et je travaille déjà à une thèse traitant de l'interaction des particules subatomiques à la lumière du principe d'incertitude d'Heisenberg. (*Mea culpa* : c'est moi qui n'ai pas pu résister à écrire « Werner Heisenberg, décide-toi ! » au-dessus de l'urinoir du département de physique.) Quand je ne travaille pas sur la physique des particules, j'assiste à un cours sur la poésie lyrique anglaise, d'une part parce que j'aime réellement la poésie lyrique anglaise et, de l'autre, parce que le professeur qui nous lit des poèmes en anglais avec un accent russe à couper au couteau a tendance à attirer des étudiantes spécialement mignonnes. Je ressens des affinités particulières pour Robert Herrick et son célèbre « Cueillez les boutons de rose pendant que vous pouvez ». Moi, je cueille des boutons de roses là où je le peux, c'est-à-dire à l'université de Moscou pour l'instant. Depuis peu, moi aussi, je compose des poèmes que je lis à ma petite amie du moment, en détournant le regard, pour employer la formule de Koba, afin qu'elle ne se rende pas compte que je déforme un peu la vérité quand je lui jure que je l'ai écrit pour elle.

Il faut que j'avoue ici qu'il y a un inconvénient à avoir le statut d'enfant prodige. Être aujourd'hui le seul staliniste impénitent, au cours des débats improvisés de l'université, peut s'avérer inconfortable ; nous sommes en 1956, avec ce Nikita je-ne-sais-plus-comment qui a accusé publiquement – d'agissements *criminels*, rien que ça ! – le regretté Secrétaire général. Étant le seul ici à pouvoir prétendre m'être fait une opinion fondée sur des informations de première main, je m'élève contre ces opportunistes qui, pour promouvoir leur carrière personnelle, voudraient nous convaincre que l'honorable camarade Staline était le diable incarné. Voyons, ce n'est pas comme si le type qui a gouverné la Russie pendant trente ans était une sorte de prêtre moyenâgeux, vendant des indulgences à échanger contre des péchés que les gens comptaient bien commettre. Mais il avait d'autres chats à fouetter. Nonobstant les épreuves traversées par ma mère, je pense sérieusement que l'honorable camarade Staline sera remercié d'avoir assuré la survie de l'Union soviétique – je parle de l'industrialisation à marche forcée (qui n'aurait pas été possible sans la collectivisation à marche forcée), je parle de la glorieuse Armée rouge qui a brandi notre faucille et notre marteau russes au-dessus du Reichstag de Berlin et cet odieux Adolph Hitler mort et incinéré dans son bunker. En dépit du calvaire enduré par ma mère, je suis intimement convaincu que le camarade Staline a fait ce qu'il a fait pour que la Russie retrouve sa grandeur.

Mais je sais qu'en raison de son calvaire ma mère ne partage pas mon idée selon laquelle le camarade Staline a rendu sa grandeur à la Russie. En tant que médecin, elle aurait diagnostiqué chez notre honorable camarade Staline et notre glorieuse Russie un complexe d'infériorité incurable. Mais ça, c'est une autre histoire.

Ah oui, vraiment ?

Quant à votre serviteur, il est ravi d'être étudiant dans la plus ancienne université du pays. Chaque matin, en me rendant à mes cours dans le gigantesque gâteau de mariés que le camarade Staline a bâti sur Sparrow Hills, je me pince pour être sûr de ne pas rêver. (Mon défunt et très regretté père qui, vous vous en souvenez, mettait ses pulls à l'envers, appelait les collines Lénine par leur ancien nom qui se trouve être la colline aux moineaux. Il faut que je découvre ce que mon père savait, et moi pas, à propos de cet avenir qui a besoin d'être travaillé.) Pour répondre à votre question avant que vous ne la posiez, oui, je pense tout le temps au vieux qui habitait au-dessus du hangar. Il y a des moments où je m'imagine que j'ai tout imaginé. La plupart du temps, cependant, ce vieux vin géorgien mis en bouteille à Moscou, ainsi qu'il le disait lui-même, est une source de cauchemars terrifiants. « Organisons le désordre, désordonnons l'ordre ! » Ouah ! Tout de même, je lui dois un grand moment de bonheur pour le *za* à l'encre rouge qui a sorti ma mère de prison. Peut-être, eh oui, peut-être ce *za* était-il sa façon de me dire qu'il regrettait de s'être emporté cette horrible nuit où il m'a flanqué à la porte de chez lui. Peut-être était-ce une façon, pour un vieux solitaire, de dire qu'il appréciait les conciliabules avec un enfant qui n'avait pas peur de lui. Soit l'un, soit l'autre. Tout bien considéré, je n'arrive toujours pas à savoir si Koba était un cœur dur ou un cœur brisé. Ou un cœur ambivalent. Ou encore, quand je repense à sa diatribe sur les – pardonnez le mot – youpins, un cœur impitoyable. Vous n'auriez pas tort d'appeler ça le principe d'incertitude de Rozental (*Mea maxima culpa* : j'ai tracé un deuxième graffiti sur le mur de l'urinoir : « Léon Rozental, décide-toi ! ») Comme je l'écrivais à Isabeau dans l'une de mes dernières lettres, j'entends toujours dans ma tête la voix geignarde du vieux épouvanté disant : « Personne n'est innocent ! » Je vois maintenant qu'il devait aussi s'inclure dans le lot, quoique, tenez, songez à cette éventualité

– songez-y – même s'il n'a pas fini sa vie innocent, il l'a forcément commencée en innocent dans cette première incarnation qu'on appelle l'enfance.

*

Extrait du carnet de Léon :

LE VIEUX : Je n'étais guère plus âgé que toi quand il s'est produit un événement marquant dans ma vie. À l'époque j'habitais encore chez mes parents à Gori. J'avais le visage grêlé par la variole – les filles m'avaient surnommé Chopua, qui veut dire vérolé en géorgien –, ce qui entamait beaucoup mon assurance vis-à-vis du sexe faible. Il y avait pourtant une fille, je n'oublierai jamais son nom, elle s'appelait Fazu, qui avait quinze ans et qui était assez jolie, à condition d'avoir besoin de lunettes et de ne pas les mettre. Elle avait une façon de me sourire timidement quand on se croisait dans la rue. Un soir, je l'avais emmenée sur les bords de la Liakhava pour voir la pleine lune se lever derrière les montagnes de l'autre côté de la rivière. En glissant mon bras autour de sa taille, la paume de ma main sur sa hanche, je m'étais dit, je m'en souviens, « Joseph, c'est la belle vie, n'espère pas mieux », et, par-dessus le courant, j'ai lâché un de mes poèmes à la face des montagnes.

Je mets mon cœur à nu devant toi
Et je tends les bras pour t'accueillir.
Tout frémissant, une fois encore,
J'entrevois devant moi la lune resplendissante !

Je l'avais composé bien avant d'emmener Fazu au bord de la rivière, aussi ai-je détourné les yeux pour qu'elle ne me soupçonne pas de déformer un peu la vérité et je lui ai juré que je l'avais écrit pour elle.

MOI : Et ensuite ?

LE VIEUX : Qu'est-ce qui te fait croire qu'il y a eu un *ensuite* ?

MOI : Dis-moi tout, Koba. Te connaissant et sachant que tu écrivais des poèmes d'amour pour fourrer les filles dans ton lit, il y a forcément eu un *ensuite*. Sinon, pourquoi me raconter cette histoire ?

LE VIEUX : Ensuite, puisque tu veux le savoir, j'ai pris mon courage à deux mains et je… qu'est-ce que tu vas imaginer ? Je l'ai embrassée. Sur la bouche.

MOI, déçu d'être privé d'une anecdote croustillante : C'est tout ? C'est ça, ton *ensuite* ?

LE VIEUX, riant en exhalant son écœurante haleine fétide : C'est tout, petit.

Table des matières

DU MÊME AUTEUR

La Boucle
Presses de la Cité, 1973

Coup de barre
Presses de la Cité, 1974

La Défection de A.J. Lewinter
Presses de la Cité, 1973
et « J'ai lu », n° 8131

Le Cercle Octobre
Presses de la Cité, 1975
et « Points », n° P3020

Mère Russie
Plon, 1978
et « Points Policier », n° P2655

Le Transfuge
Presses de la Cité, 1980
et « Points Policier », n° P2333

L'Amateur
Presses de la Cité, 1981
et « J'ai lu », n° 7770

Les Sœurs
Presses de la Cité, 1985
et « Points Policier », n° P2527

Les Larmes des choses
Julliard, 1989
repris sous le titre

Requiem pour une révolution
Le grand roman de la Révolution russe
Baker Street, 2014
et « Points », n° P4281

Un espion d'hier et de demain
Julliard, 1991
et « Points Policier », nº P2740

Ombres rouges
Denoël, 1992
et « Folio Policier », nº 143

Le Sphinx de Sibérie
Denoël, 1994
et « Folio », nº 2877

Les Enfants d'Abraham
Denoël, 1996
et « Folio Policier », nº 157

Conversations avec Shimon Peres
Denoël, 1997
et « Folio Actuel », nº 58

Le Fil rouge
Denoël, 1999
et « Folio Policier », nº 200

La Compagnie : le grand roman de la CIA
Buchet-Chastel, 2003
et « Points Policier », nº P1227

Légendes
Flammarion, 2005
et « J'ai lu », nº 8329

L'Hirondelle avant l'orage
Baker Street, 2009
et « Points », nº P2348

Philby
Portrait de l'espion en jeune homme
Baker Street, 2011
et « Points », nº P2897

Une belle saloperie
Baker Street, 2013
et « Points », nº P3234

Vladimir M.
Baker Street, 2016
et « Points », nº P4554

La Peste sur vos deux familles
Flammarion, 2022

Les Éditions Points s'engagent pour la protection de l'environnement et une production française responsable

Ce livre a été imprimé en France, sur un papier certifié issu de forêts gérées durablement, chez un imprimeur labellisé Imprim'Vert, marque créée en partenariat avec l'Agence de l'Eau, l'ADEME (Agence de l'Environnement et de la Maîtrise de l'Énergie) et l'UNIC (Union Nationale de l'Imprimerie et de la Communication).

La marque Imprim'Vert apporte trois garanties essentielles :

- La suppression totale de l'utilisation de produits toxiques
- La sécurisation des stockages de produits et de déchets dangereux
- La collecte et le traitement de produits dangereux

RÉALISATION : NORD COMPO À VILLENEUVE-D'ASCQ
IMPRESSION : CPI FRANCE
DÉPÔT LÉGAL : MAI 2202. N° 142315-2 (2065484)
IMPRIMÉ EN FRANCE

Éditions Points

Collection Points Policier

DERNIERS TITRES PARUS

P1637. Retour à la Grande Ombre, *Håkan Nesser*
P1660. Milenio, *Manuel Vázquez Montalbán*
P1661. Le Meilleur de nos fils, *Donna Leon*
P1662. Adios Hemingway, *Leonardo Padura*
P1678. Le Retour du professeur de danse, *Henning Mankell*
P1679. Romanzo Criminale, *Giancarlo de Cataldo*
P1680. Ciel de sang, *Steve Hamilton*
P1690. La Défense Lincoln, *Michael Connelly*
P1691. Flic à Bangkok, *Patrick Delachaux*
P1692. L'Empreinte du renard, *Moussa Konaté*
P1693. Les fleurs meurent aussi, *Lawrence Block*
P1703. Le Très Corruptible Mandarin, *Qiu Xiaolong*
P1723. Tibet or not Tibet, *Péma Dordjé*
P1724. La Malédiction des ancêtres, *Kirk Mitchell*
P1762. Le croque-mort enfonce le clou, *Tim Cockey*
P1782. Le Club des conspirateurs, *Jonathan Kellerman*
P1783. Sanglants Trophées, *C.J. Box*
P1811. - 30°, *Donald Harstad*
P1821. Funny Money, *James Swain*
P1822. J'ai tué Kennedy ou les mémoires d'un garde du corps *Manuel Vázquez Montalbán*
P1823. Assassinat à Prado del Rey et autres histoires sordides *Manuel Vázquez Montalbán*
P1830. La Psy, *Jonathan Kellerman*
P1831. La Voix, *Arnaldur Indridason*
P1832. Petits Meurtres entre moines, *Frédéric Lenormand*
P1833. Madame Ti mène l'enquête, *Frédéric Lenormand*
P1834. La Mémoire courte, *Louis-Ferdinand Despreez*
P1835. Les Morts du Karst, *Veit Heinichen*
P1883. Dissimulation de preuves, *Donna Leon*
P1884. Une erreur judiciaire, *Anne Holt*
P1885. Honteuse, *Karin Alvtegen*
P1886. La Mort du privé, *Michael Koryta*
P1907. Drama City, *George P. Pelecanos*
P1913. Saveurs assassines, *Kalpana Swaminathan*
P1914. La Quatrième Plaie, *Patrick Bard*
P1935. Echo Park, *Michael Connelly*
P1939. De soie et de sang, *Qiu Xiaolong*

P1940. Les Thermes, *Manuel Vázquez Montalbán*
P1941. Femme qui tombe du ciel, *Kirk Mitchell*
P1942. Passé parfait, *Leonardo Padura*
P1963. Jack l'Éventreur démasqué, *Sophie Herfort*
P1964. Chicago banlieue sud, *Sara Paretsky*
P1965. L'Illusion du péché, *Alexandra Marinina*
P1988. Double Homicide, *Faye et Jonathan Kellerman*
P1989. La Couleur du deuil, *Ravi Shankar Etteth*
P1990. Le Mur du silence, *Håkan Nesser*
P2042. 5 octobre, 23 h 33, *Donald Harstad*
P2043. La Griffe du chien, *Don Wislow*
P2044. Mort d'un cuisinier chinois, *Frédéric Lenormand*
P2056. De sang et d'ébène, *Donna Leon*
P2057. Passage du Désir, *Dominique Sylvain*
P2058. L'Absence de l'ogre, *Dominique Sylvain*
P2059. Le Labyrinthe grec, *Manuel Vázquez Montalbán*
P2060. Vents de carême, *Leonardo Padura*
P2061. Cela n'arrive jamais, *Anne Holt*
P2065. Commis d'office, *Hannelore Cayre*
P2139. La Danseuse de Mao, *Qiu Xiaolong*
P2140. L'Homme délaissé, *C.J. Box*
P2141. Les Jardins de la mort, *George P. Pelecanos*
P2142. Avril rouge, *Santiago Roncagliolo*
P2157. À genoux, *Michael Connelly*
P2158. Baka !, *Dominique Sylvain*
P2169. L'Homme du lac, *Arnaldur Indridason*
P2170. Et que justice soit faite, *Michael Koryta*
P2172. Le Noir qui marche à pied, *Louis-Ferdinand Despreez*
P2181. Mort sur liste d'attente, *Veit Heinichen*
P2189. Les Oiseaux de Bangkok, *Manuel Vázquez Montalbán*
P2215. Fureur assassine, *Jonathan Kellerman*
P2216. Misterioso, *Arne Dahl*
P2229. Brandebourg, *Henry Porter*
P2254. Meurtres en bleu marine, *C. J. Box*
P2255. Le Dresseur d'insectes, *Arni Thorarinsson*
P2256. La Saison des massacres, *Giancarlo de Cataldo*
P2271. Quatre Jours avant Noël, *Donald Harstad*
P2272. Petite Bombe noire, *Christopher Brookmyre*
P2276. Homicide special, *Miles Corwin*
P2277. Mort d'un Chinois à La Havane, *Leonardo Padura*
P2288. L'Art délicat du deuil, *Frédéric Lenormand*
P2290. Lemmer, l'invisible, *Deon Meyer*
P2291. Requiem pour une cité de verre, *Donna Leon*
P2292. La Fille du samouraï, *Dominique Sylvain*
P2296. Le Livre noir des serial killers, *Stéphane Bourgoin*
P2297. Une tombe accueillante, *Michael Koryta*

P2298. Roldán, ni mort ni vif, *Manuel Vásquez Montalbán*
P2299. Le Petit Frère, *Manuel Vásquez Montalbán*
P2321. La Malédiction du lamantin, *Moussa Konaté*
P2333. Le Transfuge, *Robert Littell*
P2354. Comédies en tout genre, *Jonathan Kellerman*
P2355. L'Athlète, *Knut Faldbakken*
P2356. Le Diable de Blind River, *Steve Hamilton*
P2381. Un mort à l'Hôtel Koryo, *James Church*
P2382. Ciels de foudre, *C. J. Box*
P2397. Le Verdict du plomb, *Michael Connelly*
P2398. Heureux au jeu, *Lawrence Block*
P2399. Corbeau à Hollywood, *Joseph Wambaugh*
P2407. Hiver arctique, *Arnaldur Indridason*
P2408. Sœurs de sang, *Dominique Sylvain*
P2426. Blonde de nuit, *Thomas Perry*
P2430. Petit Bréviaire du braqueur, *Christopher Brookmyre*
P2431. Un jour en mai, *George Pelecanos*
P2434. À l'ombre de la mort, *Veit Heinichen*
P2435. Ce que savent les morts, *Laura Lippman*
P2454. Crimes d'amour et de haine, *Faye et Jonathan Kellerman*
P2455. Publicité meurtrière, *Petros Markaris*
P2456. Le Club du crime parfait, *Andrés Trapiello*
P2457. Mort d'un maître de go, *Frédéric Lenormand*
P2492. Fakirs, *Antonin Varenne*
P2493. Madame la présidente, *Anne Holt*
P2494. Zone de tir libre, *C.J. Box*
P2513. Six heures plus tard, *Donald Harstad*
P2525. Le Cantique des innocents, *Donna Leon*
P2526. Manta Corridor, *Dominique Sylvain*
P2527. Les Sœurs, *Robert Littell*
P2528. Profileuse. Une femme sur la trace des serial killers, *Stéphane Bourgoin*
P2529. Venise sur les traces de Brunetti. 12 promenades au fil des romans de Donna Leon, *Toni Sepeda*
P2530. Les Brumes du passé, *Leonardo Padura*
P2531. Les Mers du Sud, *Manuel Vázquez Montalbán*
P2532. Funestes carambolages, *Håkan Nesser*
P2579. 13 heures, *Deon Meyer*
P2589. Dix petits démons chinois, *Frédéric Lenormand*
P2607. Les Courants fourbes du lac Tai, *Qiu Xiaolong*
P2608. Le Poisson mouillé, *Volker Kutscher*
P2609. Faux et usage de faux, *Elvin Post*
P2612. Meurtre et Obsession, *Jonathan Kellerman*
P2623. L'Épouvantail, *Michael Connelly*
P2632. Hypothermie, *Arnaldur Indridason*
P2633. La Nuit de Tomahawk, *Michael Koryta*

P2634. Les Raisons du doute, *Gianrico Carofiglio*
P2655. Mère Russie, *Robert Littell*
P2658. Le Prédateur, *C.J. Box*
P2659. Keller en cavale, *Lawrence Block*
P2680. Hiver, *Mons Kallentoft*
P2681. Habillé pour tuer, *Jonathan Kellerman*
P2682. Un festin de hyènes, *Michael Stanley*
P2692. Guide de survie d'un juge en Chine, *Frédéric Lenormand*
P2706. Donne-moi tes yeux, *Torsten Pettersson*
P2717. Un nommé Peter Karras, *George P. Pelecanos*
P2718. Haine, *Anne Holt*
P2726. Le Septième Fils, *Arni Thorarinsson*
P2740. Un espion d'hier et de demain, *Robert Littell*
P2741. L'Homme inquiet, *Henning Mankell*
P2742. La Petite Fille de ses rêves, *Donna Leon*
P2744. La Nuit sauvage, *Terri Jentz*
P2747. Eva Moreno, *Håkan Nesser*
P2748. La 7e Victime, *Alexandra Marinina*
P2749. Mauvais fils, *George P. Pelecanos*
P2751. La Femme congelée, *Jon Michelet*
P2753. Brunetti passe à table. Recettes et récits
Roberta Pianaro et Donna Leon
P2754. Les Leçons du mal, *Thomas H. Cook*
P2788. Jeux de vilains, *Jonathan Kellerman*
P2798. Les Neuf Dragons, *Michael Connelly*
P2804. Secondes noires, *Karin Fossum*
P2805. Ultimes Rituels, *Yrsa Sigurdardottir*
P2808. Frontière mouvante, *Knut Faldbakken*
P2809. Je ne porte pas mon nom, *Anna Grue*
P2810. Tueurs, *Stéphane Bourgoin*
P2811. La Nuit de Geronimo, *Dominique Sylvain*
P2823. Les Enquêtes de Brunetti, *Donna Leon*
P2825. Été, *Mons Kallentoft*
P2828. La Rivière noire, *Arnaldur Indridason*
P2841. Trois semaines pour un adieu, *C.J. Box*
P2842. Orphelins de sang, *Patrick Bard*
P2868. Automne, *Mons Kallentoft*
P2869. Du sang sur l'autel, *Thomas H. Cook*
P2870. Le Vingt et Unième Cas, *Håkan Nesser*
P2882. Tatouage, *Manuel Vázquez Montalbán*
P2897. Philby. Portrait de l'espion en jeune homme
Robert Littell
P2920. Les Anges perdus, *Jonathan Kellerman*
P2922. Les Enquêtes d'Erlendur, *Arnaldur Indridason*
P2933. Disparues, *Chris Mooney*
P2934. La Prisonnière de la tour. Et autres nouvelles
Boris Akounine

P2936. Le Chinois, *Henning Mankell*
P2937. La Femme au masque de chair, *Donna Leon*
P2938. Comme neige, *Jon Michelet*
P2939. Par amitié, *George P. Pelecanos*
P2963. La Mort muette, *Volker Kutscher*
P2990. Mes conversations avec les tueurs, *Stéphane Bourgoin*
P2991. Double meurtre à Borodi Lane, *Jonathan Kellerman*
P2992. Poussière tu seras, *Sam Millar*
P3002. Le Chapelet de jade, *Boris Akounine*
P3007. Printemps, *Mons Kallentoft*
P3015. La Peau de l'autre, *David Carkeet*
P3028. La Muraille de lave, *Arnaldur Indridason*
P3035. À la trace, *Deon Meyer*
P3043. Sur le fil du rasoir, *Oliver Harris*
P3051. L'Empreinte des morts, *C.J. Box*
P3052. Qui a tué l'ayatollah Kanuni ?, *Naïri Nahapétian*
P3053. Cyber China, *Qiu Xiaolong*
P3065. Frissons d'assises. L'instant où le procès bascule *Stéphane Durand-Souffland*
P3091. Les Joyaux du paradis, *Donna Leon*
P3103. Le Dernier Lapon, *Olivier Truc*
P3115. Meurtre au Comité central, *Manuel Vázquez Montalbán*
P3123. Liquidations à la grecque, *Petros Markaris*
P3124. Baltimore, *David Simon*
P3125. Je sais qui tu es, *Yrsa Sigurdardóttir*
P3141. Le Baiser de Judas, *Anna Grue*
P3142. L'Ange du matin, *Arni Thorarinsson*
P3149. Le Roi Lézard, *Dominique Sylvain*
P3161. La Faille souterraine. Et autres enquêtes *Henning Mankell*
P3162. Les Deux Premières Enquêtes cultes de Wallander : Meurtriers sans visage & Les Chiens de Riga *Henning Mankell*
P3163. Brunetti et le mauvais augure, *Donna Leon*
P3164. La Cinquième Saison, *Mons Kallentoft*
P3165. Panique sur la Grande Muraille & Le Mystère du jardin chinois, *Frédéric Lenormand*
P3166. Rouge est le sang, *Sam Millar*
P3167. L'Énigme de Flatey, *Viktor Arnar Ingólfsson*
P3168. Goldstein, *Volker Kutscher*
P3219. Guerre sale, *Dominique Sylvain*
P3220. Arab Jazz, *Karim Miské*
P3228. Avant la fin du monde, *Boris Akounine*
P3229. Au fond de ton cœur, *Torsten Pettersson*
P3234. Une belle saloperie, *Robert Littell*
P3235. Fin de course, *C.J. Box*

P3251. Étranges Rivages, *Arnaldur Indridason*
P3267. Les Tricheurs, *Jonathan Kellerman*
P3268. Dernier refrain à Ispahan, *Naïri Nahapétian*
P3279. Kind of Blue, *Miles Corwin*
P3280. La fille qui avait de la neige dans les cheveux *Ninni Schulman*
P3295. Sept pépins de grenade, *Jane Bradley*
P3296. À qui se fier ?, *Peter Spiegelman*
P3315. Techno Bobo, *Dominique Sylvain*
P3316. Première station avant l'abattoir, *Romain Slocombe*
P3317. Bien mal acquis, *Yrsa Sigurdardottir*
P3330. Le Justicier d'Athènes, *Petros Markaris*
P3331. La Solitude du manager, *Manuel Vázquez Montalbán*
P3349. 7 jours, *Deon Meyer*
P3350. Homme sans chien, *Håkan Nesser*
P3351. Dernier verre à Manhattan, *Don Winslow*
P3374. Mon parrain de Brooklyn, *Hesh Kestin*
P3389. Piégés dans le Yellowstone, *C.J. Box*
P3390. On the Brinks, *Sam Millar*
P3399. Deux veuves pour un testament, *Donna Leon*
P4004. Terminus Belz, *Emmanuel Grand*
P4005. Les Anges aquatiques, *Mons Kallentoft*
P4006. Strad, *Dominique Sylvain*
P4007. Les Chiens de Belfast, *Sam Millar*
P4008. Marée d'équinoxe, *Cilla et Rolf Börjlind*
P4050. L'Inconnue du bar, *Jonathan Kellerman*
P4051. Une disparition inquiétante, *Dror Mishani*
P4065. Thé vert et arsenic, *Frédéric Lenormand*
P4068. Pain, éducation, liberté, *Petros Markaris*
P4088. Meurtre à Tombouctou, *Moussa Konaté*
P4089. L'Empreinte massaï, *Richard Crompton*
P4093. Le Duel, *Arnaldur Indridason*
P4101. Dark Horse, *Craig Johnson*
P4102. Dragon bleu, tigre blanc, *Qiu Xiaolong*
P4114. Le garçon qui ne pleurait plus, *Ninni Schulman*
P4115. Trottoirs du crépuscule, *Karen Campbell*
P4117. Dawa, *Julien Suaudeau*
P4127. Vent froid, *C.J. Box*
P4159. Une main encombrante, *Henning Mankell*
P4160. Un été avec Kim Novak, *Håkan Nesser*
P4171. Le Détroit du Loup, *Olivier Truc*
P4188. L'Ombre des chats, *Arni Thorarinsson*
P4189. Le Gâteau mexicain, *Antonin Varenne*
P4210. La Lionne blanche & L'homme qui souriait *Henning Mankell*
P4211. Kobra, *Deon Meyer*

P4212. Point Dume, *Dan Fante*
P4224. Les Nuits de Reykjavik, *Arnaldur Indridason*
P4225. L'Inconnu du Grand Canal, *Donna Leon*
P4226. Little Bird, *Craig Johnson*
P4227. Une si jolie petite fille. Les crimes de Mary Bell *Gitta Sereny*
P4228. La Madone de Notre-Dame, *Alexis Ragougneau*
P4229. Midnight Alley, *Miles Corwin*
P4230. La Ville des morts, *Sara Gran*
P4231. Un Chinois ne ment jamais & Diplomatie en kimono *Frédéric Lenormand*
P4232. Le Passager d'Istanbul, *Joseph Kanon*
P4233. Retour à Watersbridge, *James Scott*
P4234. Petits meurtres à l'étouffée, *Noël Balen et Vanessa Barrot*
P4285. La Revanche du petit juge, *Mimmo Gangemi*
P4286. Les Écailles d'or, *Parker Bilal*
P4287. Les Loups blessés, *Christophe Molmy*
P4295. La Cabane des pendus, *Gordon Ferris*
P4305. Un type bien. Correspondance 1921-1960 *Dashiell Hammett*
P4313. Le Cannibale de Crumlin Road, *Sam Millar*
P4326. Molosses, *Craig Johnson*
P4334. Tango Parano, *Hervé Le Corre*
P4341. Un maniaque dans la ville, *Jonathan Kellerman*
P4342. Du sang sur l'arc-en-ciel, *Mike Nicol*
P4351. Au bout de la route, l'enfer, *C.J. Box*
P4352. Le garçon qui ne parlait pas, *Donna Leon*
P4353. Les Couleurs de la ville, *Liam McIlvanney*
P4363. Ombres et Soleil, *Dominique Sylvain*
P4367. La Rose d'Alexandrie, *Manuel Vázquez Montalbán*
P4393. Battues, *Antonin Varenne*
P4417. À chaque jour suffit son crime, *Stéphane Bourgoin*
P4425. Des garçons bien élevés, *Tony Parsons*
P4430. Opération Napoléon, *Arnaldur Indridason*
P4461. Épilogue meurtrier, *Petros Markaris*
P4467. En vrille, *Deon Meyer*
P4468. Le Camp des morts, *Craig Johnson*
P4476. Les Justiciers de Glasgow, *Gordon Ferris*
P4477. L'Équation du chat, *Christine Adamo*
P4482. Une contrée paisible et froide, *Clayton Lindemuth*
P4486. Brunetti entre les lignes, *Donna Leon*
P4487. Suburra, *Carlo Bonini et Giancarlo De Cataldo*
P4488. Le Pacte du petit juge, *Mimmo Gangemi*
P4516. Meurtres rituels à Imbaba, *Parker Bilal*
P4526. Snjór, *Ragnar Jónasson*
P4527. La Violence en embuscade, *Dror Mishani*

P4528. L'Archange du chaos, *Dominique Sylvain*
P4529. Évangile pour un gueux, *Alexis Ragougneau*
P4530. Baad, *Cédric Bannel*
P4531. Le Fleuve des brumes, *Valerio Varesi*
P4532. Dodgers, *Bill Beverly*
P4547. L'Innocence pervertie, *Thomas H. Cook*
P4549. Sex Beast. Sur la trace du pire tueur en série de tous les temps, *Stéphane Bourgoin*
P4560. Des petits os si propres, *Jonathan Kellerman*
P4561. Un sale hiver, *Sam Millar*
P4562. La Peine capitale, *Santiago Roncagliolo*
P4568. La crème était presque parfaite, *Noël Balen et Vanessa Barrot*
P4577. L.A. nocturne, *Miles Corwin*
P4578. Le Lagon noir, *Arnaldur Indridason*
P4585. Le Crime, *Arni Thorarinsson*
P4593. Là où vont les morts, *Liam McIlvanney*
P4602. L'Empoisonneuse d'Istanbul, *Petros Markaris*
P4611. Tous les démons sont ici, *Craig Johnson*
P4616. Lagos Lady, *Leye Adenle*
P4617. L'Affaire des coupeurs de têtes, *Moussa Konaté*
P4618. La Fiancée massaï, *Richard Crompton*
P4629. Sur les hauteurs du mont Crève-Cœur, *Thomas H. Cook*
P4640. L'Affaire Léon Sadorski, *Romain Slocombe*
P4644. Les Doutes d'Avraham, *Dror Mishani*
P4649. Brunetti en trois actes, *Donna Leon*
P4650. La Mésange et l'Ogresse, *Harold Cobert*
P4655. La Montagne rouge, *Olivier Truc*
P4656. Les Adeptes, *Ingar Johnsrud*
P4660. Tokyo Vice, *Jake Adelstein*
P4661. Mauvais Coûts, *Jacky Schwartzmann*
P4664. Divorce à la chinoise & Meurtres sur le fleuve Jaune *Frédéric Lenormand*
P4665. Il était une fois l'inspecteur Chen, *Qiu Xiaolong*
P4701. Cartel, *Don Winslow*
P4719. Les Anges sans visage, *Tony Parsons*
P4724. Rome brûle, *Carlo Bonini et Giancarlo De Cataldo*
P4730. Dans l'ombre, *Arnaldur Indridason*
P4738. La Longue Marche du juge Ti & Médecine chinoise à l'usage des assassins, *Frédéric Lenormand*
P4757. Mörk, *Ragnar Jónasson*
P4758. Kabukicho, *Dominique Sylvain*
P4759. L'Affaire Isobel Vine, *Tony Cavanaugh*
P4760. La Daronne, *Hannelore Cayre*
P4761. À vol d'oiseau, *Craig Johnson*
P4762. Abattez les grands arbres, *Christophe Guillaumot*

P4763. Kaboul Express, *Cédric Bannel*
P4771. La Maison des brouillards, *Eric Berg*
P4772. La Pension de la via Saffi, *Valerio Varesi*
P4781. Les Sœurs ennemies, *Jonathan Kellerman*
P4782. Des enfants tuent un enfant. L'affaire James Bulger *Gitta Sereny*
P4783. La Fin de l'histoire, *Luis Sepúlveda*
P4801. Les Pièges de l'exil, *Philip Kerr*
P4807. Karst, *David Humbert*
P4808. Mise à jour, *Julien Capron*
P4817. La Femme à droite sur la photo, *Valentin Musso*
P4827. Le Polar de l'été, *Luc Chomarat*
P4830. Banditsky ! Chroniques du crime organisé à Saint-Pétersbourg, *Andreï Constantinov*
P4848. L'Étoile jaune de l'inspecteur Sadorski, *Romain Slocombe*
P4851. Si belle, mais si morte, *Rosa Mogliasso*
P4853. Danser dans la poussière, *Thomas H. Cook*
P4859. Missing : New York, *Don Winslow*
P4861. Minuit sur le canal San Boldo, *Donna Leon*
P4868. Justice soit-elle, *Marie Vindy*
P4881. Vulnérables, *Richard Krawiec*
P4882. La Femme de l'ombre, *Arnaldur Indridason*
P4883. L'Année du lion, *Deon Meyer*
P4884. La Chance du perdant, *Christophe Guillaumot*
P4885. Demain c'est loin, *Jacky Schwartzmann*
P4886. Les Géants, *Benoît Minville*
P4887. L'Homme de Kaboul, *Cédric Bannel*
P4907. Le Dernier des yakuzas, *Jake Adelstein*
P4918. Les Chemins de la haine, *Eva Dolan*
P4924. La Dent du serpent, *Craig Johnson*
P4925. Quelque part entre le bien et le mal, *Christophe Molmy*
P4937. Nátt, *Ragnar Jónasson*
P4942. Offshore, *Petros Markaris*
P4958. La Griffe du chat, *Sophie Chabanel*
P4959. Les Ombres de Montelupo, *Valerio Varesi*
P4960. Le Collectionneur d'herbe, *Francisco José Viegas*
P4961. La Sirène qui fume, *Benjamin Dierstein*
P4962. La Promesse, *Tony Cavanaugh*
P4963. Tuez-les tous... mais pas ici, *Pierre Pouchairet*
P4964. Judas, *Astrid Holleeder*
P4965. Bleu de Prusse, *Philip Kerr*
P4966. Les Planificateurs, *Kim Un-Su*
P4978. Qaanaaq, *Mo Malø*
P4982. Meurtres à Pooklyn, *Mod Dunn*
P4983. Iboga, *Christian Blanchard*

P4995. Moi, serial killer. Les terrifiantes confessions de 12 tueurs en série, *Stéphane Bourgoin*
P5023. Passage des ombres, *Arnaldur Indridason*
P5024. Les Saisons inversées, *Renaud S. Lyautey*
P5025. Dernier Été pour Lisa, *Valentin Musso*
P5026. Le Jeu de la défense, *André Buffard*
P5027. Esclaves de la haute couture, *Thomas H. Cook*
P5028. Crimes de sang-froid, *Collectif*
P5029. Missing : Germany, *Don Winslow*
P5030. Killeuse, *Jonathan Kellerman*
P5031. #HELP, *Sinéad Crowley*
P5054. Sótt, *Ragnar Jónasson*
P5055. Sadorski et l'ange du péché, *Romain Slocombe*
P5067. Dégradation, *Benjamin Myers*
P5068. Les Disparus de la lagune, *Donna Leon*
P5093. Les Fils de la poussière, *Arnaldur Indridason*
P5094. Treize Jours, *Arni Thorarinsson*
P5095. Tuer Jupiter, *François Médéline*
P5096. Pension complète, *Jacky Schwartzmann*
P5097. Jacqui, *Peter Loughran*
P5098. Jours de crimes, *Stéphane Durand-Souffland et Pascale Robert-Diard*
P5099. Esclaves de la haute couture, *Thomas H. Cook*
P5100. Chine, retiens ton souffle, *Qiu Xiaolong*
P5101. Exhumation, *Jesse et Jonathan Kellerman*
P5102. Lola, *Melissa Scrivner Love*
P5123. Tout autre nom, *Craig Johnson*
P5124. Requiem, *Tony Cavanaugh*
P5125. Ce que savait la nuit, *Arnaldur Indridason*
P5126. Scalp, *Cyril Herry*
P5127. Haine pour haine, *Eva Dolan*
P5128. Trois Jours, *Petros Markaris*
P5167. Diskø, *Mo Malø*
P5168. Sombre avec moi, *Chris Brookmyre*
P5169. Les Infidèles, *Dominique Sylvain*
P5170. L'Agent du chaos, *Giancarlo De Cataldo*
P5171. Le Goût de la viande, *Gildas Guyot*
P5172. Les Effarés, *Hervé Le Corre*
P5173. J'ai vendu mon âme en bitcoins *Jake Adelstein*
P5174. La Dame de Reykjavik, *Ragnar Jónasson*
P5175. La Mort du Khazar rouge, *Shlomo Sand*
P5176. Le Blues du chat, *Sophie Chabanel*
P5177. Les Mains vides, *Valerio Varesi*
P5213. Le Cœur et la Chair, *Ambrose Parry*
P5214. Dernier tacle, *Emmanuel Petit, Gilles Del Pappas*

P5215. Crime et Délice, *Jonathan Kellerman*
P5216. Le Sang noir des hommes, *Julien Suaudeau*
P5217. À l'ombre de l'eau, *Maïko Kato*
P5218. Vik, *Ragnar Jónasson*
P5219. Koba, *Robert Littell*
P5248. Il était une fois dans l'Est, *Arpád Soltész*
P5249. La Tentation du pardon, *Donna Leon*
P5250. Ah, les braves gens !, *Franz Bartelt*
P5251. Crois-le !, *Patrice Guirao*
P5252. Lyao-Ly, *Patrice Guirao*
P5253. À sang perdu, *Rae Delbianco*
P5282. L'Artiste, *Antonin Varenne*
P5283. Les Roses de la nuit, *Arnaldur Indridason*
P5284. Le Diable et Sherlock Holmes, *David Grann*
P5285. Coups de vieux, *Dominique Forma*
P5286. L'Offrande grecque, *Philip Kerr*
P5310. Hammett Détective, *Stéphanie Benson, Benjamin et Julien Guérif, Jérôme Leroy, Marcus Malte, Jean-Hugues Oppel, Benoît Séverac, Marc Villard, Tim Willocks*
P5311. L'Arbre aux fées, *B. Michael Radburn*
P5312. Le Coffre, *Jacky Schwartzmann, Lucian-Dragos Bogdan*
P5313. Le Manteau de neige, *Nicolas Leclerc*
P5314. L'Île au secret, *Ragnar Jónasson*
P5335. L'Homme aux murmures, *Alex North*
P5336. Jeux de dames, *André Buffard*
P5337. Les Fantômes de Reykjavik *Arnaldur Indridason*
P5338. La Défaite des idoles, *Benjamin Dierstein*
P5339. Les Ombres de la toile, *Christopher Brookmyre*
P5340. Dry Bones, *Craig Johnson*
P5341. Une femme de rêve, *Dominique Sylvain*
P5342. Les Oubliés de Londres, *Eva Dolan*
P5343. Chinatown Beat, *Henry Chang*
P5344. Sang chaud, *Kim Un-Su*
P5345. Si tu nous regardes, *Patrice Guirao*
P5346. Tu vois !, *Patrice Guirao*
P5347. Du sang sur l'asphalte, *Sara Gran*
P5348. Cool Killer, *Sébastien Dourver*
P5378. Angkar, *Christian Blanchard*
P5379. Que tombe le silence, *Christophe Guillaumot*
P5380. Nuuk, *Mo Malø*
P5381. Or, encens et poussière, *Valerio Varesi*
P5382. Le Goût du rouge à lèvres de ma mère, *Gabrielle Massat*
P5383. Richesse oblige, *Hannelore Cayre*
P5384. Breakdown, *Jonathan Kellerman*
P5385. Mauvaise graine, *Nicolas Jaillet*

P5386. Le Séminaire des assassins, *Petros Markaris*
P5387. Y. La Trilogie de K, *Serge Quadruppani*
P5388. Norlande, *Jérôme Leroy*
P5418. Le Bal des porcs, *Arpád Soltész*
P5419. Après le jour, *Christophe Molmy*
P5420. Quand un fils nous est donné, *Donna Leon*
P5421. Sigló, *Ragnar Jónasson*
P5422. La Gestapo Sadorski, *Romain Slocombe*
P5473. L'Emprise du chat, *Sophie Chabanel*
P5474. Somb, *Max Monnehay*
P5503. De cendres et d'or. Une enquête du ranger Taylor Bridges *B. Michael Radburn*
P5504. Un dernier ballon pour la route, *Benjamin Dierstein*
P5505. Laisse pas traîner ton fils, *Rachid Santaki*
P5506. La Dernière Tempête, *Ragnar Jónasson*
P5507. Un dîner chez Min, *Xiaolong Qiu*
P5546. Dernier Tour lancé, *Antonin Varenne*
P5547. La Pierre du remords, *Arnaldur Indridason*
P5548. L'Ange déchu, *Chris Brookmyre*
P5549. Seul avec la nuit, *Christian Blanchard*
P5550. Une évidence trompeuse, *Craig Johnson*
P5551. Marseille 73, *Dominique Manotti*
P5552. Elma, *Eva Björg Ægisdóttir*
P5553. L'Ange rouge, *François Médéline*
P5554. Terminus Leipzig, *Jérôme Leroy, Max Annas*
P5555. Carnets d'enquête d'un beau gosse nécromant *Jung Jaehan*
P5556. La Bête en cage, *Nicolas Leclerc*
P5557. Les Chiens de Pasvik, *Olivier Truc*
P5558. Xavier Dupont de Ligonnès. La grande enquête *Pierre Boisson, Maxime Chamoux, Sylvain Gouverneur, Thibault Raisse*
P5580. La Maison du commandant, *Valério Varesi*
P5581. Serial Bomber, *Robert Pobi*
P5582. L'Art de mourir, *Ambrose Parry*
P5583. Un flic bien trop honnête, *Franz Bartelt*
P5584. Le Second Disciple, *Kenan Görgün*
P5585. Maldonnes, *Serge Quadruppani*
P5586. L'Ami des ombres, *Alex North*
P5587. Resurrection Bay, *Emma Viskic*
P5588. En eaux dangereuses, *Donna Leon*
P5589. Disparaître / Dans la nature, *Evan Ratliff*
P5590. Trente Grammes, *Gabrielle Massat*
P5591. Heartbreak Hotel, *Jonathan Kellerman*
P5592. Mort aux hypocrites, *Petros Markaris*
P5593. Koba, *Robert Littell*